INFERNO ASTRAL

VÍTOR DiCASTRO

Criador do Deboche Astral,
canal do YouTube com mais
de 1 milhão de inscritos

INFERNO ASTRAL

— ROMANCE —

OS SIGNOS ESTÃO DE DEBOCHE COMIGO!

 Planeta

Copyright © Vítor DiCastro, 2020
Copyright © Editora Planeta do Brasil, 2020
Todos os direitos reservados.

Revisão: Fernanda Guerriero Antunes e Departamento editorial da Editora Planeta do Brasil
Diagramação: Departamento de criação da Editora Planeta do Brasil
Capa: Filipa Damião Pinto | Foresti Design

Dados Internacionais de Catalogação na Publicação (CIP)
Angélica Ilacqua CRB-8/7057

DiCastro, Vítor
Inferno astral: os signos estão de deboche comigo!
/ Vítor DiCastro. -- São Paulo: Planeta, 2020.
224 p.

ISBN 978-65-5535-157-6

1. DiCastro, Vítor - Crônicas 2. Signos - Humor I. Título

20-2714   CDD B869.8

Índices para catálogo sistemático:
1. Crônicas - Humor - Signos

Esta é uma obra de ficção, todos os personagens e situações são fictícios. O objetivo é mera e primordialmente de humor, sem qualquer intenção de magoar, ferir ou difamar alguém.

2020
Todos os direitos desta edição reservados à
Editora Planeta do Brasil Ltda.
Rua Bela Cintra, 986 – 4º andar – Consolação
01415-002 – São Paulo-SP
www.planetadelivros.com.br
faleconosco@editoraplaneta.com.br

SUMÁRIO

PRÓLOGO Vinte anos atrás... 8

1. ÁRIES Conheci a Maria Bethânia e olha no que deu 14

2. TOURO Provando o Legume mais sangrento de São Paulo 42

3. GÊMEOS Trollei meu marido, e agora? 60

4. CÂNCER O dia em que eu chorei até desidratar 78

5. LEÃO E teve boatos de que eu estava na pior! 96

6. VIRGEM Será que *Clube da luta* é real mesmo? 112

7. LIBRA Oi, sumidos! 124

8. ESCORPIÃO Eu (quase) matei a Maria Bethânia (de novo!) 136

9. SAGITÁRIO YUQUÊ: Tutorial de como dar uma de Pabllo Vittar 152

10. CAPRICÓRNIO Como eu fiz para sair do vermelho? 169

11. AQUÁRIO Desde quando todo capítulo precisa ter título? 181

12. PEIXES O desfecho do final feliz (eu espero!) 196

Ao meu gatinho canceriano, Vinícius, por todo suporte, amor, beijinhos e etc.; aos meus irmãos, Elisa e Bruno, por entrarem de cabeça neste projeto comigo; e aos amigos de todos os signos por vibrarem comigo, quando eu falo "que legal" depois de uma grande conquista.

QUE LEGAL

PRÓLOGO

Vinte anos atrás...

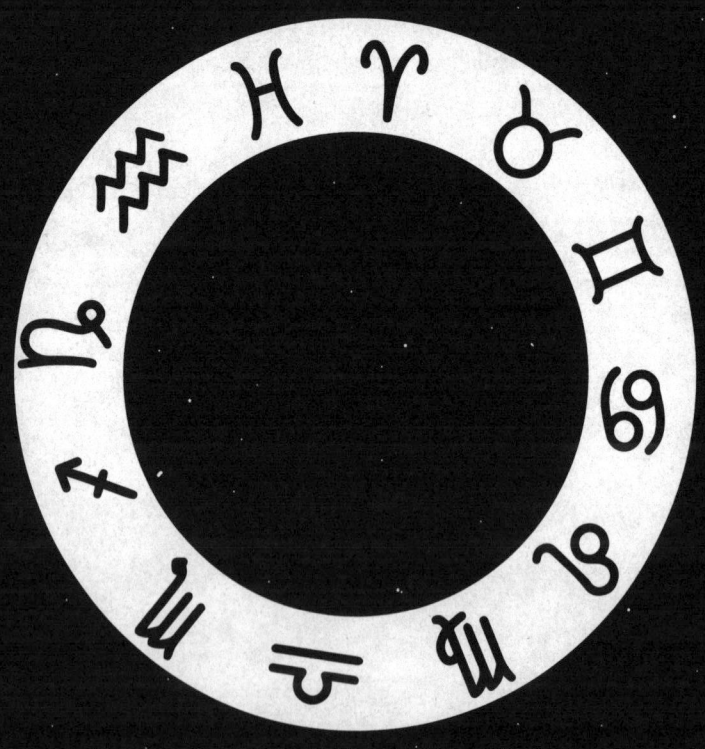

Hoje é dia dezessete de abril, mais conhecido como meu aniversário. Aniversário de dez anos, pra ser exato. É a primeira vez que passo essa data aqui em São Paulo, já que eu morava em Catanduva até finalzinho do ano passado. É uma cidade bem pequena, caso vocês estejam se perguntando (é uma azeitona, na verdade), mas eu gostava de lá. Alguns colegas da escola dizem que tenho sotaque do interior e ficam pedindo pra eu falar "porrrrta", "porrrrteira", "porrrrtão". Só o Jeff que não me pede.

O Jeff é legal. Somos vizinhos, e ele diz que não faz mal ter sotaque, desde que eu não tenha bafo de manhã (o que eu tenho, mas ainda não contei pra ele, porque não quero que deixe de ser meu amigo por isso). Além do mais, ele me ajudou no funeral do meu grilo na semana passada, o que foi bem legal, porque eu realmente gostava do Grilo Falante, que morreu pisoteado pela minha mãe em um dia de faxina. Foi triste. Pra me animar, esse meu amigo fez a voz do Grilo Falante enquanto sepultávamos o insetinho, me fazendo rir enquanto lágrimas de tristeza caíam dos meus olhos.

Enfim, o plano é o seguinte: depois dos parabéns, a gente vai sair de fininho e ir para a fábrica localizada a dois quarteirões daqui. Estará de noitinha, quando tem poucos funcionários e a portaria fica sem movimento. "Mas, Lucas, como vocês vão entrar em uma fábrica em funcionamento?", vocês podem estar se perguntando. E eu digo: ninguém sobe em árvores melhor que Jeff e eu. Tem uma árvore bem alta pela qual a gente sobe, de onde conseguimos pular pro telhado do galpão principal, atrás da placa dizendo "Balas Afrodite" – que fica na fachada. A fábrica, aliás, é de balas em formato de coração, o que justifica os vitrais em formato de corações avermelhados que conseguimos ver da rua de casa.

Dito e feito. O aniversário, como sempre, foi o clássico cachorro-quente com Guaraná aguado, e depois de toda a cantoria nós nos infiltramos no telhado da fábrica. Eu roubei alguns salgadinhos e docinhos da festa e coloquei tudo no bolso, pra gente poder comer aqui, olhando pro céu. Quando mostro a comida pro Jeff, ele olha pra mim sorrateiro, revelando que também trouxe alguns docinhos escondidos. Rimos e nos sentamos pra comer.

– Sabe, Jeff – começo, com a boca cheia de coxinha, então minhas palavras saem mais como "*babe, Beff*", mas acho que ele entendeu, porque está olhando pra mim –, você é o único amigo que eu tenho aqui.

Ele sorri e uma covinha se forma na bochecha direita, na pele negra queimada pelo sol. Um cachinho castanho cai nos seus olhos, e ele logo o afasta.

– É claro que eu sei, Lucas – diz, virando os olhos. E prepara a sua melhor imitação de caipira: – É porque só eu não ligo de cê falar *porrrta*, o que é *bão* demais da conta pro cê. – E cai na gargalhada.

Eu, óbvio, me vejo obrigado a bater nele depois dessa. Dou um soco no braço dele e o encaro, bravo.

– Ai, Lucas, você tem que aprender a ser menos cabeça quente... – Jeff me lança um olhar de trégua, massageando com as mãos onde eu bati. – Desse jeito, nem eu vou te aturar no futuro. – E pisca pra mim.

Eu não acredito nisso!

– Não preciso que você me ature; eu me aturo sozinho – arremato, relutante, com os braços cruzados e um brigadeiro enorme na boca.

Ele ri de novo e tira a minha mão, que estava até com os dedos brancos de tanta força que eu fiz, apoiada no meu braço esquerdo. Eu olho pra ele, incrédulo com a sua ousadia.

– É claro que eu vou te aturar, seu bobão – Jeff diz, fazendo a voz do Pato Donald. Ele SABE que eu amo essa voz. – Porque, se eu não aturar, ninguém mais atura, nem mesmo você. – E pega na minha mão.

A mão dele tá meio suada, o que é um pouco nojento, mas por algum motivo meu coração para. Sinto um negócio estranho no estômago e me pergunto se foram as vinte bolinhas de queijo que eu devorei sem mastigar. Ou se foi aquela cenoura dura que minha mãe me obrigou a comer no almoço. *Definitivamente* foi a cenoura.

Antes que eu possa responder – ou vomitar – alguma coisa, escutamos um barulho alto atrás de nós, e soltamos a mão um do outro o mais rápido possível. Meu coração pula alto na boca, e penso em como estaremos encrencados se for alguém da fábrica que nos descobriu. Ótimo jeito de passar o aniversário, Lucas: dentro da prisão, sem ter o que comer além de salgadinhos que acabarão na primeira fome, e com sede porque não trouxe nada pra beber. Que saco.

No entanto, quando eu olho, não é nenhum patrão louco com um cassetete na mão pedindo pra gente sair imediatamente. É a minha mãe... com uma forma redonda na mão, escondida por um pano de prato com os dizeres de um salmo bíblico. Ufa! Essa foi por pouco.

– Mãe? O que você tá fazendo aqui? – pergunto.

Ela me olha com aquela cara de que eu provavelmente vou apanhar quando chegar em casa, por estar invadindo uma propriedade, fugindo do meu aniversário e... será que ela viu como eu estava com Jeff?

Em vez de brigar comigo, porém, minha mãe diz:

– Sentimos sua falta, filho. E, como sou sua mãe, eu sempre sei onde você está, mesmo que você não me diga. É tipo um superpoder – ela confessa, piscando seus olhos azuis brilhantes.

– É sério, tia? – Jeff se empolga. – Minha mãe não tem isso não, porque sempre acha que eu tô matando aula em vez de ir pra escola!

Minha mãe (ou dona Rosa, para os não filhos) sorri e responde:

– É sério, Jefferson. Mas, nesse caso, talvez seja pela trilha de salgadinhos que o Lucas deixou no chão.

Fico com a bochecha queimando de vergonha. Calma, que piora.

– E vocês sabiam que tem uma escada aqui na lateral? Seria loucura viver trepando em árvore pra cair aqui, né?

Eu e Jeff nos olhamos, com aquela cara de "a gente é muito burro mesmo".

A curiosidade me vence e eu espio o pano de prato, que esconde algo misterioso embaixo dele:

– Tá, mas o que é que você trouxe pra cá, mãe?

Ela me observa com ternura e tira o pano, revelando o que está por baixo. Não pode ser. Isso é... Isso é...

– TORTA DE MORANGO! – grito, feliz, assustando o coitado do Jeff. – Mãe, eu prometo que vou me comportar este ano e não vou te dar trabalho, tá? Obrigado, obrigado, obrigado!

Levanto em um pulo e abraço o pescoço dela, que me abraça de volta com um braço, enquanto o outro se equilibra com a guloseima.

– Ok, filho, mas não sufoca a mamãe, senão eu não consigo viver até o dia em que você se comportar, tá bom?

Mais do que rapidamente, me desvencilho dela e espero, ansioso, enquanto ela serve as fatias da torta. E aí penso que vai ficar tudo bem. Fazer dez anos realmente é uma grande responsabilidade, e ano que vem já poderei usar caneta na escola, o que é incrível... E não importa o que aconteça, eu tenho mamãe. E Jeff. E acho que de alguma forma... isso tá escrito nas estrelas. Não é assim que se fala nas novelas?

1.ÁRIES

Conheci a Maria Bethânia e olha no que deu

Que loucura. Já se passaram vinte anos desde aquele aniversário com o Jeff. O tempo realmente voa... Será que já posso me sentir velho por estar beirando os TRINTA ANOS? Enfim, chega de drama (vocês já vão ler muito drama daqui pra frente, então não preciso gastar todo o drama logo no começo, né?). Só queria te dizer que, se vocês não acreditam em signos, é melhor fechar este livro agora mesmo. Eu não acreditava também, até que tive que viver na pele cada um dos doze signos; aí eu vi que eles são bem reais.

Ainda tão lendo isso? Muito bem, leiam por sua conta e risco!

Esta é a história dos doze dias mais loucos da minha vida. E ela começa assim, como qualquer outro dia...

♈

Desperto na segunda-feira com algo lambendo a minha bochecha, me fazendo abrir os olhos. É a gata Pepita, que me faz sair do sono (como sempre) às seis e meia, enquanto Mingau mia na porta. Já acordo bravo por Jeff não ter tirado os gatos do quarto quando se levantou. Por que ele tem que ser tão avoado? *Eu não tenho UM segundo de paz nesta casa*, penso.

Enrolo até ver que, se eu ficar mais um pouco na cama, vou me atrasar para o trabalho. Me levanto com um pulo, jogando as cobertas pro lado. É aquela famosa sigla LGBTQIA+, né? Levanta, Gay, Bora Trabalhar.

– Bom dia, gatinho – Jeff anuncia, dando um beijo na minha bochecha.

Olho pra ele com cara de "bom dia pra quem, amor?" e reviro os olhos. Eu não sei como ele consegue acordar tão animado. Às vezes, suspeito que ele coloca algum energético no café, porque aparentemente acorda dançando "Single Ladies", enquanto eu acordo no maior humor Britney Spears em 2007: surtado.

Ele está com o cabelo amarrado em um coque no topo da cabeça, com alguns cachinhos afro caindo no rosto. Mexendo no celular, anuncia:

— Meu horóscopo diz que hoje eu devo escolher bem a roupa pro trabalho, porque posso ser surpreendido. O que será que isso quer dizer? — pergunta, inclinando a cabeça para a direita, com a xícara de café na mão livre.

Bufando, respondo:

— Tanto faz o que quer dizer, eu não acredito nessa pseudociência astrológica. É pura balela.

Jeff olha pra mim com cara de dúvida, como se eu fosse louco.

— Alguém acordou mal-humorado hoje. Se eu falar assim — ele começa a imitar a voz do Simba —, te deixo menos ranzinza? Ou o fato de faltarem doze dias pro seu aniversário de trinta anos te deixa mais feliz?

Nossa, mas ele TINHA que lembrar disso agora, logo de manhã? Tem horas que eu tenho vontade de partir pra agressão, sinceramente. Sem condições.

— Ai, Jeff, podia ter guardado essa pra você, né, amor? O meu pé de galinha já denuncia que estou quase na casa dos trinta, não precisava que meu marido me lembrasse disso já no café da manhã. Até perdi a fome! – Deixo o pão na mesa e olho pra ele, irritado.

Eu secretamente estou organizando uma festa de aniversário bem linda, mas Jeff ainda não sabe de nada. Na verdade, não é tão secreta assim, só ele que não sabe mesmo. Mas tenho que manter a pose pra ele não suspeitar de nada. Se Jeff souber que estou organizando algo tão caro assim...

– Lucas, você não acha que está trabalhando demais, não? Nunca te vi tão estressado. Se bem que pode ser o seu inferno astral...

– Ah, mas pra você sempre sou *eu* que trabalho muito, né? – interrompo ele. – Seu sonho é que eu não fizesse nada, só cuidasse dos gatos e da nossa cachorra – da Gaga – porque assim eu não gastaria tanto, não é? – praticamente cuspo as palavras. – Bom, se eu tô trabalhando muito é porque quero e pronto. E não venha com essa de inferno astral, que isso nem existe.

Enquanto me preparo para levantar da cadeira e ir me arrumar, o meu telefone toca. O nome *Vênus* brilha na tela. Atendo e deixo no viva-voz.

– Alô?

– Sua dívida está atrasada – uma voz sinistra e robótica responde, ríspida – e já dei vários ultimatos para você. Até quando você vai me enrolar, hein?

Droga. Eu já havia me esquecido da existência de Vênus. Deixa eu explicar melhor: um tempo atrás, achei um panfleto numa gaveta aqui em casa, e era de um agiota que oferecia empréstimo de dinheiro com juros baixos. Não me lembro de ter pegado esse papel, mas acho que Jeff deve ter levado pra casa a fim de jogar no lixo, e acabou guardando por algum motivo. Daí eu pensei: *Por que não?* E entrei em contato com o número impresso no panfleto, já que eu precisava de dinheiro para cobrir os meus gastos. Só que acabei exagerando um pouquinho.

    O que quero dizer é que talvez eu tenha comprado uns sete eletrodomésticos caros com cores combinando, que não sei ainda pra que servem, mas que ficaram lindos na estante da cozinha. Além disso, talvez eu tenha ido a uns cinco shows da Beyoncé. E, ainda, pode ser que eu tenha dado umas cinquenta festas aqui no apê. Isso, sem contar os gastos com roupa, maquiagem e mimos para Pepitinha, Mingau e Gaga. Que tipo de pai eu seria se não desse uma casinha de doze andares para a minha amada Pepi? Se a Kim Kardashian pode dar uma casa de luxo pra filha dela brincar, eu também posso!

    — Olha aqui, você me escuta bem, querido — digo, irritado. — Eu já disse um milhão de vezes que vou te pagar, beleza? Não precisa atrapalhar meu café assim, não. Nem estamos no horário comercial ainda! E eu sou uma celebridade, lembra? Eu tenho grana. Se não te paguei ainda, é porque ainda não tenho grana o suficiente pra isso.

    — Ora, ora, parece que alguém acordou afrontoso hoje — Vênus zomba de mim, com aquela voz irritante e distorcida de Darth Vader. — Eu não estou brincando, otário. Se você não pagar logo, eu vou tomar medidas drásticas. E, com isso, quero dizer que tirarei de você uma coisa que você ama. Vou te arrancar um bem muito precioso.

    — Ai, ai, tem gente que se acha a Carminha da *Avenida Brasil*, né? — respondo, dando uma risada completamente forçada.

    A voz rosna do outro lado da linha, irritada e robótica:

— Eu estou falando sério. Quero que você me dê uma data para se acertar comigo; caso contrário, você vai sofrer. E todo mundo vai saber do quão fracassado você é, Lucas. Ah, já falei que sua família vai ser a primeira a sentir na pele o seu fracasso?

Esse agiota maldito tinha que mexer com a minha família? Sério? Enquanto me preparo para revidar, Jeff põe a mão no meu braço. Mexendo os lábios, ele diz: "É perigoso. Faça o que ele te diz pra fazer". Pepita pula no colo dele e eu olho pra ela. Não posso arriscar perder a minha família assim.

Engulo em seco.

— Eu vou te pagar daqui a... — Penso em qualquer data, mas nada vem à mente. Nervoso, lembro o que Jeff disse: — ...daqui a doze dias. Dia dezessete de março. É quando vou acertar as contas.

— É bom que pague. Mas eu também terei a minha garantia de que você *vai* pagar. Senão...

A ligação cai.

Respiro fundo, aliviado. Mingau mia enquanto se esfrega na minha perna.

Coloco as mãos na cabeça, preocupado. *Como vou pagar essa dívida, meu Deus? Eu tenho uma festa de aniversário pra bancar, não posso abrir mão disso.*

— Como foi que paramos aqui, hein? — Jeff solta um suspiro, jogando a cabeça pra trás.

Pepita oferece um miado de consolo para ele.

— Definitivamente, não tem a ver com a casa de praia que compramos no Rio pra sua mãe no mês passado — digo, irritado.

— Deveríamos procurar a polícia, você sabe — sugere.

– Surtou, Jefferson? Eu sou uma celebridade, não posso me expor assim. Vão achar que eu sou pobre e farão tudo quanto é tipo de piada comigo, até eu parecer um pobretão pra mídia. Aí já era a minha carreira, né? Eu ia entrar na estatística "morreu ou foi pra Record".

Jeff faz um bico e me olha por cima dos cachos que caem em seus olhos.

– Ok, você tem um ponto forte aí. Sua imagem é importante e não podemos arruiná-la assim, ainda mais com essa coisarada toda de cancelamento de famosos. É aí que temos que tirar você da linha de frente. – Ele para e coloca a mão no queixo, pensativo. – E se tivesse uma forma de identificar quem é o tal agiota só pela ligação?

Ai, gente, sinceramente, tem horas que vale muito a pena ter casado com alguém que não perdeu um episódio de *CSI*.

– Olha ele! – Bato palmas. – Parece que temos um Sherlock Holmes por aqui. Arrasou, nego. O negócio é achar quem faria isso pra gente, né? – Faço um *scanner* mental pra tentar pensar em alguém, mas ninguém aparece na memória.

– Ah, com certeza você conhece algum cara da TI do estúdio, Lucas. Sempre tem aquele cara de óculos, com olhar de quem madruga jogando *League of Legends* e que provavelmente nunca namorou na vida. Ao menos, é assim que vemos nas séries – ele responde, jogando as mãos pro alto.

Pergunto o quão velho estou se nunca nem cheguei perto desse *League-of-o-quê*? Deve ser cultura hétero.

Ainda assim, o comentário dele faz um clique na minha cabeça.

— Ah, claro! Acho que conheço um cara, sim. Vou falar com ele hoje. Agora, eu realmente preciso correr pra me arrumar. — E finalmente me levanto e vou pro quarto.

Quando entro no quarto para me trocar para ir ao trabalho, vejo que Pepita se deitou em cima da camisa que eu iria usar hoje. E ela é preta.

— Pepitinha, não faz isso com o papai. Você sabe que você solta pelo — digo, tentando me acalmar.

Minha gatinha (diferentemente de Jefferson, que me enche o saco a cada cinco segundos) não merece a minha irritação. Pepita responde com um miado de culpa.

— Tudo bem, mas não faz de novo, tá bom?

Ela pisca os olhos verdes, concordando.

Pego a Pepita no colo e faço um carinho na sua orelha esquerda, onde ela tem uma manchinha branca. Jeff queria chamá-la de Frajola (ele sempre foi *muito* criativo, como vocês podem perceber), mas eu sugeri que fosse Pepita, vocês sabem, por causa da Mulher Pepita. Na mesma hora ele se animou e pensou que seria uma ótima oportunidade para dublar a gata com frases da funkeira. Cada vez que a Pepi inventa de brigar com Mingau, ele solta um "pra engolir, ô, vai ser foda", com a imitação perfeita da Mulher Pepita. Sim, não é fácil ser casado com um dublador. Na verdade, não é fácil ser casado e ponto.

Encontro outra roupa que não esteja infestada de pelos dos gatos ou da Gaga e me visto rapidamente, antes que eu me atrase (de novo) pro trampo. Acho que hoje vou mais basiquinha. Creio que uma camiseta listrada e um vestido rosa-neon deem conta do recado, com um tênis branco pra não chamar muita atenção, e um delineador verde pra dar aquele *tchan* no visual, né?

Depois que fico pronto, chamo um carro e vejo no aplicativo que é uma mulher: Ariana. Loira do olho azul, bem padrãozinha. Droga. Justo hoje, que eu tô bem faceiro pra dar em cima de algum boy. Mas vida que segue.

Enquanto pego o elevador, penso em chamar Mari e Toni para um rolê depois do trabalho. Acho que ainda não falei deles pra vocês, né? Bom, eu conheci Mari num show da Beyoncé uns sete anos atrás, e Toni veio com ela a tiracolo, já que eles são tipo melhores amigos há, sei lá, uns dez anos já. Foi nessa época que a gente decidiu morar junto, eu, Mari, Toni, Jeff e Bia (daqui a pouco falo mais dela). Sabe quando dizem que república sempre dá rolo, que é só dor de cabeça? Bem, é verdade, mas não nesse caso. A gente se divertia muito, fazia altas festas, dividia as despesas, ia fazer trilha todo mundo junto. Ai, Netinho... Parecia um sonho de princesa. Mas, como todo casal, o shipp Tari ou Moni quis se mudar e eu e Jeff também. E a Bia (caso vocês estejam se perguntando) decidiu focar na vida profissional dela, já que aparentemente as meninas não estavam muito interessadas em namorá-la.

Quando a nossa república acabou, decidimos que não íamos ficar longe e fomos morar todos no mesmo prédio, superinspirados em *Friends*. Por isso que eu moro no 202 e Mari e Toni moram no 203, enquanto Bia não quis se mudar pro 201, pois seu pai já havia pagado um apartamento na cobertura pra ela, como presente de vinte e cinco anos.

Atualmente, o casal trabalha perto do apê; na verdade, embaixo, porque eles tocam um estúdio de tatuagem e piercing no minishopping do condomínio. Eu, a celebridade que vos fala, trabalho como apresentador de TV num estúdio ali na região da avenida Paulista. Podre de chique, eu sei. Por que choras, Luciana Gimenez?

A Bia trabalha como designer de estampas para uma marca coreana superbem-sucedida que sua família herdou há uns cinquenta anos, e Jeff, como já comentei, é dublador num estúdio perto da TV onde eu trabalho.

No hall de entrada do meu prédio, eu me lembro de passar no trampo da Mari e do Toni para chamá-los para tomar uns drinks mais tarde. Antes, porém, passo na frente do antiquário do Senhor Aquino, um homem de meia-idade que vende todo tipo de quinquilharia que vocês possam imaginar. É bizarro que no térreo do meu prédio tenha o estúdio descolado da Mari e do Toni e, bem ao lado, uma loja empoeirada como essa. Mas até que acho divertido esse mix e sempre paro pra dar uma olhadinha na vitrine do antiquário pra conferir as "novidades", que, na verdade, são mais velhas que a minha vó.

Algo brilha na prateleira e me chama atenção: um carneiro de prata com chifres pretos e alongados, bem macabro, que o senhor Aquino estava lustrando. Eu, hein! O velho endoidou se acha que isso vai atrair a clientela pra lojinha dele. Faço o sinal da cruz e sigo meu caminho. Só que, quando estou quase na sala dos meus amigos, a motorista manda mensagem: "Cheguei". Droga.

Corro para encontrar o carro com a placa certa. Quando olho para a motorista, penso que houve um engano, já sentindo o sangue ferver.

– Lucas? – anuncia uma mulher de cabelos pretos e óculos escuros, cheia de sardas.

– Ué, não era a Ariana que ia me levar hoje? Você não se parece nem um pouco com ela – digo, contrariado, pois no aplicativo a foto da motorista era de uma loira bem diferente dela.

– É que mudei meu visual depois que me separei do meu ex embuste. Perdão... – ela parece envergonhada, e noto que tem sotaque baiano.

Entro no carro e bato a porta com força, sentando-me no banco de trás.

– Gente, que absurdo! Como é que eu vou confiar nesse aplicativo, se cada vez que chegar o carro o motorista for uma pessoa diferente do que eu vi na tela? Que tipo de segurança falha é essa? – exclamo, bravo.

– Moço, não precisa se aperrear, não! – O sotaque fica mais forte. – Sossega o facho que eu sou da paz, sou sim.

Com essa frase, eu olho pra ela para ter certeza de que não estou surtando. Ok, talvez ela lembre um pouco a pessoa da foto do aplicativo, mas devo dizer que uns cabelos pretos curto, uma rinoplastia e sardas claramente tatuadas a fizeram parecer outra mulher. Como que eu vou estar seguro se peço um carro que vai ser dirigido pela Carminha e daí, na hora, chega a Nina no volante? Sem condições.

– Ah, mas eu me aperreio, sim, senhora. Que tipo de palhaçada é essa?

– Mas, moço, eu te chamei pelo nome que tava aqui no aplicativo. Como que eu ia saber quem tu era? E a placa do meu carro, não tá igualzinha a que tá aparecendo aí pra você? Oxe!

Eu tento, juro que eu TENTO manter a calma, mas acho que os outros não colaboram, viu? Onde já se viu não me conhecer? Justo eu, que tô sempre nos holofotes.

— Perdão, querida? — Me inclino pra olhar pra ela, com sangue nos olhos. — Se você não mora em Marte, já me viu alguma vez na vida. Eu apresento o *Dazonze*, lembra? Todo mundo me conhece e sabe meu nome de cor — rebato, mantendo a pose.

Ela se assusta.

— *Marmininu*! Tu é o Lucas do programa? Oxente, eu sou a Ari, muito prazer! Minha mãe adora te ver. Se eu conto pra mainha que tô aqui contigo, é certeza de que ela vai querer um cheiro seu, só um oizinho pra mostrar pras amigas e fazer inveja. Bem que mainha me disse que em São Paulo eu ia andar com gente importante — ela fala tanta coisa que nem eu consigo processar direito. — Será que tu poderia gravar um videozinho assim pra ela, mandando um cheiro gostoso pra mainha?

Não sei o que é pior: não ser reconhecido ou ser tietado. Quem disse que é fácil ter *white people problems* pra lidar?

— Se eu gravar, cê me deixa em paz até chegar no trabalho? — respondo com o maxilar fechado de irritação.

A tal da Ari se alegra e quase pula do banco, cheio daquelas bolinhas de madeira encostadas no assento.

— Ô, deixo sim. Não vou te incomodar mais. Toma aqui o celular.

Gravo o vídeo de uns quinze segundos, tentando ser agradável pra depois não ser cancelado pela mídia como antipático.

– Muito obrigada, Seu Lucas, eu vou mandar pra ela depois.

– Tá, agora fica quieta e dirige, faz o favor – mando, na lata, e aproveito o silêncio que fica no carro.

Pego o celular e vejo que Bia mandou vários áudios, e quando começo a escutar descubro que é sobre a festa de aniversário. Ela conta que achou um lugar maravilhoso que era a casa de um barão do café, tipo patrimônio histórico, e que estará disponível com um valor menor por ser pra mim. Já manda fotos de decoração e encaminha o contato da cerimonialista. Sou acusado de ser o mais gastador em casa, então é bom ter amigos que aprovem meu amor pelas compras e pelo luxo, né, não? Ela comenta que deveríamos fazer algo no nível da família dela, e eu concordo na hora, porque não tem coisa mais chique do que os festões que a família Kim dá.

Eu já te contei que ela é coreana? Bia sempre sofreu muito com isso na escola. Acompanhei seu drama desde que eu a conheci, pouco depois que me mudei pra Sampa e me aproximei de Jeff. Ficavam chamando ela de *xing-ling*, a excluíam na educação física e nos trabalhos em grupo; tudo pra ela era bem difícil. Bia vivia chorando nos corredores da escola, então era eu que tinha que ir até a galera que fazia bullying e deitar os caras no soco, enquanto Jeff dava o apoio moral narrando tudo pra ela com a voz do Super-Homem.

Se quer saber, Bia tem os olhos amendoados e castanhos, os cabelos de um liso absoluto e que agora estão pintados de rosa-claro, com um lado raspado e uma franja que cai sobre a testa. Parece que ela é uma VJ da MTV, de tão estilosa. Se eu tivesse a grana dela, com certeza também seria.

— Pronto, Seu Lucas, chegamos — diz uma Ari bem animada.

Parece que me perdi no tempo quando comecei a ouvir os áudios da Bia. Uau.

— Espero que tenha um ótimo dia — ela deseja.

— Valeu.

Saio do carro batendo a porta. Paro na padaria próxima do estúdio, porque tô morto de fome depois de não comer quase nada no café da manhã. Aliás, será que Jeff se lembrou de dar comida pros gatos e pra Gaga? Espero que sim, mas, por garantia, vou mandar uma mensagem pra ele.

Quando termino de mandar a mensagem e tiro os olhos da tela do celular, uma dupla um tanto quanto curiosa me olha, sentada no assento de frente para a minha mesa.

— Terminou, amor? Já encheu o saco do seu maridinho hoje? — A mulher diz, com desdém, enquanto chupa um pirulito. Ela tem cabelos vermelhos bem marcantes, estilo Ariel de *A pequena sereia*, amarrados em um rabo de cavalo, com uma maquiagem azul bem pesada nos olhos e os lábios grandes pintados de carmim.

Um homem magro está do seu lado (e que gato!), com não mais do que um metro e sessenta, cabelos castanho-claros lisos cuidadosamente dividido ao meio, pele clara e olhos azuis. Se não fosse o cabelo quase loiro do menino, eles se passariam por cosplays toscos da Ariel e do príncipe Eric — se bem que ela tá mais pro *RuPaul's Drag Race* do que qualquer outra coisa, e ele parece uma versão pocket do Johnny Bravo.

— Quem são vocês? E o que dá o direito de se meterem assim na minha vida? — pergunto, já querendo brigar.

— Ah, querido... — A mulher me dá a mão, como se eu fosse beijá-la. — Que falta de educação a nossa, né, Pudim? Muitíssimo prazer, eu sou a Glória, e esse aqui é o Pud...

— Caio. Eu sou o Caio! — o rapaz responde, tentando se impor. — Só ela me chama de Pudim.

Glória faz biquinho como se fosse chorar, e diz pra mim:

— Já escutou o ditado: "Quer moleza, senta no pudim"? Com certeza, não era esse Pudim aqui. — E pisca. — Enfim, menina, vamos direto ao ponto porque tempo é dinheiro e não podemos perder grana agora, né? — Glória me olha como se esperasse que eu respondesse alguma coisa.

— Tá, que seja. Mas eu nem conheço vocês. Isso tá parecendo um circo de horrores.

— Horrores? — Pudim/Caio responde, e dá um sorrisinho de meia boca. — Você ainda não viu o que vai te acontecer pra achar que isso aqui é horroroso. Cê nem faz ideia, cara.

— Ei, ei, o que eu te disse sobre nossa política de spoilers? — ela diz, batendo no ombro do Pudim, que resmunga em resposta.

— Só a Glória pode contar as coisas importantes, e eu fico aqui de cota hétero fazendo pose — ele fala tão programado que suponho que já deve ter dito isso umas mil vezes, no mínimo.

— Isso, menino, bom rapaz — Glória bagunça os cabelos dele. — Como eu dizia, não estamos aqui à toa, lindo. Lu, posso te chamar de Lu? Ok, eu vou te chamar de Lu mesmo assim, tá bom? — Pisca pra mim. — Você tem uma dívida bem grande com o meu patrão, e me parece meio impossível que você pague em apenas doze dias, não é mesmo, Lu?

Ah, eu não acredito que aquele agiota safado mandou esses dois capangas pra me cobrar! Que desaforo é esse? Achei que ele ao menos confiasse na minha palavra.

– Sim, foi o prazo que dei pro Vênus. E eu vou pagar, não sou um ladrão, como vocês parecem estar apontando. – Cruzo os braços.

– A gente não te chamou de ladrão, parceiro – Pudim diz, e me olha com o que seria seu olhar mais intimidador, mas que na verdade me dá vontade de rir. – Você que está se acusando sozinho.

– O privilegiadozinho aqui tá certo, Lulu! – Glória rebate. – Mas, se a carapuça serviu, daí já é outra história. Bom, a gente precisa de uma garantia de que você vai pagar o Vênus, caso contrário... – Ela passa o dedo na garganta, tentando dizer que eu morreria.

Fico assustado.

– Ah, você ficará a salvo, fica tranquilo. Mas, quanto à sua família, não posso prometer o mesmo...

– Aonde os dois esquisitos querem chegar, afinal? Não tem como vocês terem acesso à minha família. Não dei meu endereço pro Vênus. – Já estou começando a perder minha paciência.

– Hahaha... Ouviu essa, Pudi? O bobinho acha que não temos ideia de onde ele mora. – Glória me olha com pena. – Coitadinho. Deixa eu te mostrar o meu pano de fundo!

Ela me passa o celular e eu vejo. Sinto os pelos do meu braço arrepiarem. A foto foi tirada claramente de um lugar alto e a distância, e mostra a sacada do apartamento onde eu moro bem na hora em que Mingau, Pepita e Gaga pegavam um sol, enquanto Jeff lia seus gibis ao lado deles. Eu nunca vi essa foto na vida. Vejo que meu marido está com as mesmas roupas que vestia hoje de manhã.

– Foi tirada uns vinte minutos atrás, caso esteja curioso. Acho que isso responde às suas perguntas, Lu. – Ela me olha com docilidade.

Eu me seguro para não explodir de raiva.

– Não chegue nem PERTO da minha família, entendeu? Eu já disse que vou pagar a dívi...

– Glória, deixa que eu termino! – O menino me corta, animado. – Nós vamos tirar seu bem mais precioso. Uma coisa que vale ouro pra você.

– Amigo, já falou demais por hoje, né? – Ela dá um peteleco no Pudim. – Era isso mesmo que tínhamos pra te informar, querido. Não fica triste, porque você vai ver a gente de novo, viu? Beijos de luz.

Os capangas-se levantam e saem.

Até o meu croissant perdeu o gosto depois dessa visita, credo. Deus me livre!

♈

No estúdio, vejo que Eduardo, da TI, está sentado na mesa jogando alguma coisa no seu notebook. Os seus cachos castanhos caem sobre os olhos cor de mel, por cima dos óculos quadrados. Uma pequena pintinha se aloja na bochecha direita. É, olhando assim, ele realmente não é de se jogar fora. Além disso, acabo de pensar em como o talento dele pode ser bem útil pra mim.

– E aí, gostosinho? – digo, enquanto me aproximo.

Ele se assusta como um gato, dando um pequeno salto na cadeira.

– Muito ocupado jogando RPG?

– Hã, humm, um pouco. – Eduardo parece nervoso, mexendo nos óculos. – Precisa de alguma coisa, Lucas?

– Bem, na verdade, preciso sim. Que bom que perguntou. – Puxo a cadeira à sua frente e me sento. – Você sabe... – abaixo a voz para que ninguém me escute – ...hackear chamadas de telefone? Tipo descobrir o endereço de quem fez a chamada?

Edu arregala os olhos, assustado. Olha pra baixo e coça a cabeça.

– Eu... eu acho que sim. Quer dizer, não que eu já tenha feito isso, mas não é difícil, eu acho. Mas por que você precisaria disso?

– Eu tô recebendo uns trotes no celular e queria saber quem está por trás. Nada de mais, relaxa – minto, na cara dura. Até parece que ele ia topar se eu contasse a verdade mesmo.

– Ah... claro... – Edu não parece muito convencido. – Não fique chateado se for de algum presídio.

Reviro os olhos.

– Você acha que eu sou burro? Claro que não é de presídio. É... mais sério do que isso. Mas já falei demais. Toma aqui meu celular, é essa ligação aqui na lista de chamadas recebidas que tá me incomodando. Faz o que tem que fazer, e faz rápido.

Entrego o aparelho para ele, que me olha com cara de dúvida.

– Eu não consigo fazer isso tão rápido assim, Lucas. Vou precisar instalar um aplicativo rastreador agora, e demanda tempo rastrear uma ligação, coisa de dias. Então, você vai ter que esperar um pouco até eu concluir a operação.

Minha família em risco e eu vou ter que ESPERAR. Que absurdo!

— Nossa, mas não dá nem pra descobrir, sei lá, um raio próximo de onde a pessoa estava quando me ligou? Nada?

— Infelizmente, não. A tecnologia ajuda, mas a que a gente tem no Brasil, no caso, não é tão de ponta assim.

Respiro fundo, irritado.

— Tá. No final do dia eu volto aqui pra ver se deu certo. É bom que tenha, viu?

— Mas, Lucas...

Eu não escuto o final da frase, pois levanto e saio. Ele que lute pra rastrear isso ainda hoje, porque eu não posso e não vou esperar.

No caminho para a mesa em que me sento para ler o roteiro e saber um pouco mais sobre o entrevistado do dia, esbarro em Maicon, o cameraman. Solto um assovio pra ele e sorrio. Para a minha infelicidade, meu chefe está me observando, já que ele passava por ali naquela mesma hora.

— D'Angelo, na minha sala. Agora.

Que ótimo jeito de começar o dia, né?

— Eu não aguento mais você desrespeitar cada homem neste estúdio. Eduardo, Maicon, o Jorge da cantina...

Ui, esse é gato.

— Você passou dos limites, tá me ouvindo? Ou eu tenho que te lembrar que você é um homem casado, hein? – grita Abraão, o diretor.

Quem ele pensa que é pra me acusar assim? Meu pai?

— Ah, pelo amor de Deus. Sério que você tá se incomodando com tão pouco? Eu só dei umas flertadas, coisa leve, não tem por que ficar se doendo todo. Eu, hein?

Vejo ele ficar vermelho de raiva e penso que estou triunfando na discussão.

— Você sabe que isso é assédio, não sabe? Não é mais leve só porque é com homens, Lucas. Se continuar assim...

— Você vai fazer o quê? Hein? Me demitir? — Agora sou eu que fico vermelho de raiva. — Não, você não vai me demitir. E sabe por quê? Porque tem muito apresentador por aí que faz até pior do que eu, e está há mais de trinta anos na profissão. Eles não são questionados, então por que eu seria? — Solto o veneno com toda a força que tenho, e me delicio com a expressão indefesa que ele demonstra, com um pingo de irritação nos olhos.

— D'Angelo, eu estou te avisando. Não é porque eles saem impunes que você também sairá.

— Aham, sei. Agora me dá licença que eu preciso trabalhar! — E saio, indo estudar o convidado do programa de hoje. Sinto vontade de rir quando leio a descrição.

Até parece irônico que a convidada seja uma astróloga, após o meu papo no café da manhã com Jefferson. Depois de tudo que eu passei hoje, não vou deixar barato, ainda mais para uma louca que acredita nessa balela de signo. Escrito nas estrelas ou não, hoje ela vai se ver comigo.

— Estaremos no ar em cinco, quatro, três, dois, um... — anuncia Maicon.

Quando ele dá o sinal, arrumo o cabelo e dou as boas-vindas:

– Bom dia, lindos e lindas do meu Brasil. Eu sou Lucas D'Angelo e estamos ao vivo em mais um *Dazonze*. Hoje iremos receber a astróloga Dandara Melo, cheia de capacidades mediúnicas e poderes místicos, uuuh! – Faço um gesto de pavor, fingindo ter medo da tal mulher. – Pode entrar, Dandara!

Para a minha surpresa – e acredito que a de vocês também –, um ser pequeno entra no cenário do programa. Cabelo black power, pele negra, um delineador gatinho e vestes longas e brancas resumem Dandara, uma mulher de pouca estatura e cheia de colares em volta do pescoço magro. Um piercing de argola se projeta do nariz largo, destacando-se como um brilho na pele escura. Olhando bem, ela me lembra uma cantora brasileira quando mais nova...

– Olha só, quem é místico sempre aparece, né? Não é todo dia que se recebe a Maria Bethânia jovem aqui no programa! – digo, fazendo a plateia explodir em risadas.

Dandara me olha com ar de desafio.

– Ah, sim, muito obrigada por me receber aqui. Tenho certeza de que é difícil pra você estar aqui hoje, sorrindo, depois do dia estressante que está vivendo desde o café da manhã, né?

– Sim, eu e toda a torcida do Flamengo, no caso, porque classe média sofre, meu bem.

Um dos músicos faz um *ba-dum-tss* na bateria.

– Então, Dandara, ouvi dizer que você faz um trabalho social relacionado à astrologia. Como é isso?

A pseudoastróloga se apruma, claramente orgulhosa do seu trabalho.

– Eu promovo oficinas de autoconhecimento por meio da astrologia para jovens da periferia de São Paulo. Já faz uns cinco anos desde que comecei com essa iniciativa. A mudança no comportamento e relacionamento que eles têm com eles mesmos é sensacional de se ver.

– Claro, porque saber se alguém é de Áries ou Escorpião faz toda a diferença na vida da pessoa, né? – ironizo, levantando uma sobrancelha para ela, que me olha impassível com seu delineado perfeito.

– Na verdade, faz sim, senhor. Só de olhar pra você, já sei dizer que está no seu inferno astral, não está?

Ah, não. De novo isso? É sério?

– Ué, como você sabe, Bethânia? Leu na borra do meu café ou devo dar a minha mão para você adivinhar o resto? – zombo.

Recebo um olhar de desaprovação do meu chefe, que indica para que eu leia as perguntas dos cartões. Mas eu o ignoro.

– Eu não preciso de nada disso para saber que você está nessa fase. Preferi acreditar que você está... excêntrico hoje por algo astrológico, e não por conduta pessoal – dizendo isso, ela bebe um pouco do seu chá, se achando a espertona.

– Claro, claro – finjo que a mulher está certa para deixar que ela fale e se embarace ao vivo. – Então, já que você sabe tanto assim, vamos ver o que pode fazer por um telespectador do programa que mandou um testemunho pra gente. – Eu saco uma das fichas de papel que tenho nas mãos e finjo que estou lendo: – A pessoa não quis se identificar e disse aqui que está com uma dívida gigante. Ela tem um prazo apertado pra pagar o que está devendo e não sabe como vai sair dessa situação. Ela nasceu no fim de março, então o signo dela é... – Olho pra equipe, e alguém me assopra o signo – ...Áries. E aí, o que você me diz?

Aguardo ela lançar mais lorota e se envergonhar sozinha, mas, em vez disso, a mulher diz:

– Se ele seguir os prazos que ele mesmo criou com a pessoa pra quem está devendo, quem sabe consiga pagar a dívida e não colocar em risco ninguém da sua família. Mas é só uma sugestão, claro, ninguém quer que o seu bem mais precioso seja tirado por ter se afundado em dívidas.

Ok, como ela pode saber disso? Não é possível que ela tenha contato com os capangas do Vênus.

Olho pra ela irritado, e só vejo Edu me observando assustado dos bastidores, porque ele sabe que eu tô prestes a surtar.

– É fácil ser médium assim, né? Só lendo borra de café e uns sites de fofoca. Pra saber do tal inferno astral, era só ver a data do meu aniversário no Google pra supor, então isso até uma criança poderia saber. O que você tem de tão especial ent...

Antes que eu termine minha pergunta, o programa é cortado para os comerciais. Meu chefe me olha irritado e briga comigo no ponto, gritando muito.

Antes de qualquer coisa, até mesmo de eu correr até Eduardo pra me certificar se deu certo ou não o rastreamento, Dandara me pega pelo braço e me olha, muito brava.

– Escute aqui, Lucas, por bem ou por mal, você vai aprender a respeitar os outros, e por isso será obrigado a viver todas as doze casas do Zodíaco. Você vai descobrir o que é o inferno astral, e só sairá dele quando conseguir aprender a ter empatia. Somente então é que a sua dívida será perdoada. Pelos poderes atribuídos a mim, eu convoco todos os signos a te fazerem uma visita até você começar a ser mais solidário com os sentimentos das outras pessoas – finaliza e dá um peteleco no piercing, fazendo um barulho irritante.

As luzes do estúdio piscam e um trovão soa, distante. Penso que deve estar chovendo canivete lá fora – afinal, é março, e todo mundo sabe que em março chove pra caramba. Pisco forte, atordoado, e a vejo saindo de fininho do estúdio, rápida como um raio.

Corro atrás dela e só consigo alcançá-la no estacionamento, me molhando todo na chuva selvagem que cai do céu. Dandara já está lutando para dar a partida em um carro caindo aos pedaços, do tipo que o Luciano Huck desistiria de consertar no *Lata velha*. Pensando bem, acho que não vale a pena brigar com gente tão pobre e mesquinha. Ela tem os astros dela, eles que se encarreguem de lhe dar o que ela merece. Doida!

Enquanto subo as escadas de volta para o estúdio, Edu vem correndo me entregar o celular, que está com a tela acesa. Minha mãe tá me ligando.

– Oi, mãe.

– Filho, você não tem vergonha de ser tão grosseiro com uma mulher, não? Eu não te criei assim – ela cospe as palavras do outro lado da linha.

Ah, que lindo, parece que todo mundo tirou o dia pra falar mal de mim. E logo minha mãe, que eu achava que me assistia na TV pra me prestigiar.

– Eu não. Ela mereceu, por achar que eu ia comprar a tal mediunidade dela.

– Lucas, pelo amor de Deus, tenha senso. Você nunca viu essa astróloga na vida e a tratou feito lixo. Desde quando você é assim, tão amargo?

– Desde que fui obrigado a lutar por tudo que eu quis, simples assim.

– Olha, filho, todos nós passamos dificuldades na vida, mas você precisa mudar. E tem mais uma coisa: eu senti uma coisa estranha depois que o programa acabou... como se algo ruim fosse acontecer com você. Tome cuidado...

– Mãe, eu sei me virar sozinho, tá bom? Te vejo daqui a uns dias, quando vier me visitar. Tchau.

Então, chegou a hora de descrever a dona Rosa, a minha mãe. Bom, ela está na casa dos cinquenta anos e é viúva há uma década. Meu pai morreu em um acidente de carro. Ele voltava mais cedo pra casa, pra ficar mais tempo com a gente, quando um motorista bêbado o cortou e acabou acontecendo uma tragédia. Minha mãe meio que nunca superou isso, e, como eu tive que sair de casa para poder casar e ter minha liberdade, ela acabou ficando com o ninho vazio, se ocupando em ter uma vida fitness e saudável como distração. Mesmo muito sofrida, dona Rosa tem uma beleza de tirar o fôlego: olhos azuis e cabelos loiro-acinzentados, quase uma Jennifer Aniston da vida.

Eduardo me encara, esperando eu falar.

– E aí, conseguiu rastrear a ligação?

Ele suspira:

– Ainda não, mas consegui instalar o aplicativo espião e ele já está monitorando tudo que acontece no seu aparelho. Se você receber o trote de novo, vão ficar registrados os dados da ligação; daí, vai demorar alguns dias pra rastrear a pessoa.

– Fala sério, hoje não é meu dia mesmo. Acho que até amanhã o vagabundo deve me ligar de novo, então até sexta já teremos a identificação dele, certo?

Com desespero, Eduardo fala um "certo" bem baixinho. É bom que esteja pronto até lá, minha família não pode ficar correndo riscos assim. Ainda mais com a minha mãe vindo pra cá nesta semana. Ela não pode nem suspeitar que tá acontecendo tudo isso agora.

Antes de voltar pro programa, agora sem a astróloga, mando uma mensagem para Mari convidando-a e ao Toni para tomar umas cervejas mais tarde no Bar do Terê. Mari responde na hora com uma figurinha da Ariana Grande fazendo um "ok" e subo as escadas, me preparando para voltar ao trabalho.

♈

Às oito em ponto o casal chega ao bar. Mari está com os cabelos azuis todo trançado, e Toni exibe seus dreads com estilo. Os dois são negros e muito ativistas na causa; não é por acaso que fazem parte de um dos estúdios mais famosos de tatuagem para peles negras e têm um Instagram que bomba bastante. Se parar pra pensar, quase todos os Instas de tatuadores só mostram a pele branca tatuada, então eles realmente fazem a diferença dentro do próprio movimento e trazem a representatividade que faltava nessa área. Nem preciso dizer que eles mesmos são portfólios dos talentos deles com piercings e tattoos, né?

Conto pros dois todos os perrengues que passei hoje, e Mari declara, depois de duas caipirinhas:

– *Misericrazy*, Jesus. Parece que alguém teve um dia do cão. Eu que não queria estar na sua pele, viu, lindo? – E dá mais um gole na bebida.

Toni me olha com pena, com a mesma cara com que olhou pra Jeff quando ele quis tatuar uma costela-de-adão gigante na panturrilha esquerda.

– Ih, Lucas... Acho que a Dandara estava certa, porque só no inferno astral pra tanta coisa dar errada.

– Toni do céu, até você acredita nisso? – pergunto, levemente embriagado. – Aquela Maria Bethânia genérica é só um lobo na pele de um cordeiro, uma falastrona mentirosa. Minha vida nunca foi fácil, mas só porque vou fazer trinta anos nos próximos dias, todo mundo acha que tem que acontecer alguma coisa ruim comigo agora. Me poupe.

– Miga, se acalma. – Mari pega um guardanapo e me abana. – Calma, que não tem nada que é ruim que não possa piorar. Então toma umas biritas, fica bem loucona porque amanhã só Deus sabe o que virá.

Às vezes é difícil só ter amiga sensata, sabe? Concordo com ela, virando mais um shot pra dentro, e puxo o casal para dançar funk comigo no meio do bar.

– Vocês pensaram que eu não ia rebolar minha bunda hoje, amores?

♈

Chego em casa e Jeff me espera acordado. Estou bem fora de mim, mas entendo meio por cima que ele diz que espera que eu saiba o que tô fazendo com a minha vida. É óbvio que eu sei. É por isso que pego um remédio pra dormir, jogo pra dentro com um copo de gim e me deito ao lado de Pepita, enquanto espero dois segundos até capotar.

2.TOURO
Provando o Legume mais sangrento de São Paulo

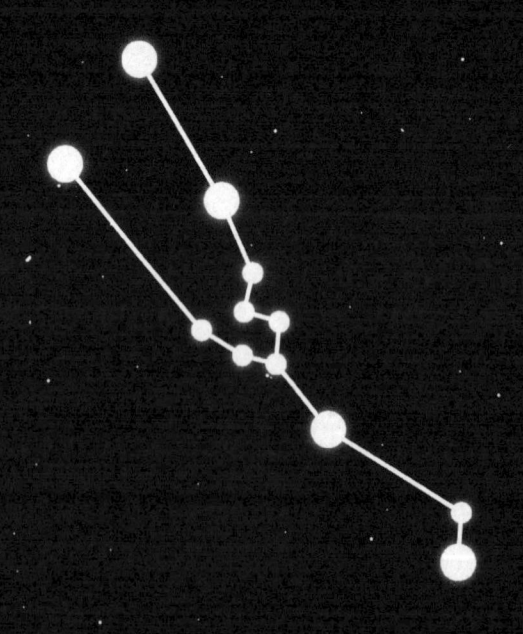

São oito da manhã de terça quando acordo, com o coração na boca. Que estranho. Pepita não veio me lamber como de costume. Ou veio e eu não senti nada, porque estava capotado pelo remédio pra dormir. Mesmo atrasado, enrolo na cama mais um pouco, pois a preguiça bate forte. Lembro que devo falar com a cerimonialista para resolver detalhes da festa e caço o celular para achar o contato que Bia me mandou. Marco de encontrá-la depois do trabalho.

Nove da manhã. É, meninas, pelo jeito não vai dar pra ser pontual hoje, né?

Quando chego ao banheiro e olho pro espelho, vejo algo estranho no reflexo. É impressão minha ou os meus cabelos acordaram mais hidratados, bem penteados? E essa cútis perfeita, gente? Até parece que fiz uma *skincare* toda linda, mas ontem eu nem lavei o rosto antes de dormir! (Na verdade, nem escovei os dentes. Abafa o caso!) Até minha barba tá mais certinha, com menos cara de que tô trabalhando demais, como diria Jeff.

Sempre penso que ele queria que eu fosse a Hebe Camargo, porque daí eu seria velha quase morrendo e deixaria uma fortuna maravilhosa pra ele, e aí meu marido não encheria mais meu saco porque eu estaria MORTO. Mas hoje, por algum motivo, nem penso nisso, e lembro que há tempos não faço nada romântico pelo meu excelentíssimo. Falando nele, vejam só quem tá me olhando com cara de quem nunca me viu na vida.

– Lucas? Bah, sua barba tá mais ajeitadinha hoje, né? Nem parece que não vê um barbeador há semanas – ele diz com um assovio. – Tá gatinho.

Dou uma olhada nele com meu olhar 43. Ele também está todo lindo, os cabelos soltos em ondas ao redor do rosto, a covinha na bochecha direita se formando conforme ele fala. E os olhos, ah, os olhos... Castanhos como mel colhido pelo apicultor mais talentoso do mundo. Desculpa, mas não tem mais no Brasil, meninas. Jeff é um homem de uma edição só e apenas eu tenho. Eu tenho, você não teee-em!

– Obrigado, amor. Que tal um jantar só pra nós hoje? – Pisco pra ele. – Por minha conta, pra gente esquecer um pouco os nossos problemas.

Jeff me olha como se eu tivesse sugerido que a gente comesse cocô. Realmente, o romantismo está morto nesta casa. Sem condições.

Ele coloca a mão na minha testa e bochechas.

– Tá doente, amor? É ressaca? Eu sabia que você não devia ficar bebendo assim logo na segunda.

Reviro os olhos e bufo.

– E eu não posso mais ser romântico, não? Demonstrar que você é meu marido e que eu te amo?

Jeff joga as mãos pro alto, se rendendo.

– Claro que pode. Só que ficou parecendo que nos últimos, sei lá, cinco anos você só amava os gatos e a Gaga, né?

Bem lembrado.

– Aliás, cadê a Pepi? Queria saber como a nossa gatinha está. Ela não veio me acordar de manhã. Achei estranho – falo e reparo na mesa do café da manhã: pão de queijo, pão francês, bolo de chocolate... *Como eu não vi tudo isso antes?*

Minha mão voa e pega cinco de cada. Eu enfio tudo na boca, e Jeff olha pra mim com uma sobrancelha levantada.

— Ah... Amor, a comida não vai sair andando se você não comer. Mas, respondendo à sua pergunta, Pepita foi paquerar o gato do apartamento do lado. Ainda bem que você dormiu que nem uma pedra, porque tava o verdadeiro *gemidão do Zap* felino.

Isso sim é bizarro, penso, com a boca cheia de bolo. Todo mundo sabe que Pepita é lésbica, vivia miando pra gatinha cor de mel da Bia e cagava pro gato que Mari e Toni tiveram por um tempo. Além do mais, tá pra existir alguém que presta tanta atenção na Kristen Stewart enquanto vê *Crepúsculo* quanto a Pepi. Tenho certeza de que foi a minha gata que criou o *Lesbians for Kristen Stewart*.

— Estranho, porque ela é sapatão — digo, enquanto dou um gole no café e pego outro pão de queijo.

— Ué, ela pode ser bi. Aprendeu com o papai aqui — responde Jeff, apontando orgulhoso para si mesmo.

Não são nem dez da manhã e estamos discutindo a orientação sexual da Pepita. A que ponto chegamos?!

— Não, ela é lésbica. Nunca miou pra nenhum gato macho. Essa aí assiste tanto a *Nunca te pedi nada* comigo que já pegou ranço dos *boys lixo*! Nem chega perto deles — insisto.

— Bom, até agora, no auge dos seus cinco aninhos, né? — Jeff rebate. — Algumas pessoas demoram mais tempo do que outras para descobrir sua sexualidade. Não é todo mundo que aos doze anos já sabia andar de salto e cantar "Crazy In Love" de cor e salteado, Lucas.

A ousadia do meu marido me surpreende, às vezes.

— Para, né?! Não tem nenhuma explicação bissexual pro vício dela na Kristen Stewart. Se fosse bi, com certeza ia ficar miando pro Robert Pattinson ou, pelo menos, pro Taylor Lautner também, não acha? Ele de lobo tá mais perto de um gato do que a Bela, naquela atuaçãozinha em que parece você imitando a voz do personagem Joaninha do *Vida de inseto*.

Ele sempre se irrita quando falo dessa imitação. Meu marido ainda não sabe fazer o tom certinho, e eu sempre rio da versão dele, que ou é muito grossa ou muito fina.

— Eu não sou fiscal da sexualidade de ninguém, nem mesmo dos meus pets. Se ela quiser ser bi, pan, assexual, eu vou amá-la do mesmo jeito.

Mingau solta um miado de apoio ao discurso de Jeff.

— Só não pode ser hétero, né? Daí eu expulso de casa. Mas nada contra, até tenho amigos que são.

— Não tem, não — digo, pensando que nosso círculo é praticamente todo LGBTQIA+.

— É verdade — concorda ele. — É que, como disse Chorão: o hétero no Brasil não é levado a sério.

— Tenho certeza de que ele nunca disse isso — assumo, com uma sobrancelha erguida.

— Ele disse algo assim. Que seja — Jeff vira os olhos —, só quero saber do jantar romântico de hoje à noite. A última vez que você cozinhou pra mim foi um macarrão instantâneo vencido, uns três meses atrás.

Ele adora me atacar, né? Abusado.

— Ah, tenho certeza de que eu fiz algo melhor pra você comer depois disso. Tipo um brigadeiro duro.

Jeff ri da minha cara de bravo.

– Eita, parece que alguém acordou bem teimosinho hoje... – Ele levanta da cadeira e pega Mingau no colo. – Eu vou indo me arrumar pro trampo, e acho que você deveria ir também.

Jeff sai e deixa o celular desbloqueado em cima da mesa. Não resisto e espio seu WhatsApp.

Como assim ele tá falando com um tal de Pedro há três dias, e comigo ele só responde com figurinha de diva pop? Olha isso, até mandou foto da Pepita pro cara. Isso é pior que traição. Se bem que...

– Vem cá, Jefferson. Cê tá me traindo? – jogo na lata, fazendo-o se virar na minha direção, sem camisa, enquanto se arruma. *Foco, Lucas. Você está irritado.*

– Quê? Endoidou, homem? – Ele me olha com dúvida e vê o celular na minha mão. – Para de escutar Marília Mendonça, tá ficando paranoico. Esse aí é o Pedrinho, da quarta série. Ele me procurou pra saber se posso fazer uma dublagem pra um curta que ele tá produzindo.

– Ah, sim, entendi – digo com o maxilar fechado. – Dublagem. É assim que se chama hoje em dia, então. Muito bem. – Viro de costas pra ele e volto pra cozinha, pegando uns dez pães de queijo para levar pro estúdio. Vai que bate uma fominha, né?

Falando em fome, lembro que abriu um novo restaurante chamado 100 Rodeios. Parece muito bom, acho que vou de metrô pro trampo hoje pra dar uma passada lá, porque fica a caminho da estação. O restaurante até criou um evento no Facebook, "Degustação premium do Legume". Não tinha foto do prato, mas, pelo nome, imagino que seja uma iguaria vegetariana bem chique. Afinal, se for de alta qualidade, posso contratar o chef da casa para a minha festa, já que tenho vários amigos que não comem carne.

♉

Vocês não acreditam no que aconteceu ao chegar ao tal do restaurante "100 Rodeios".

Toda a decoração é de caubói, peão, com bois pra todo lado. Nem um pouco vegetariano... Eles até oferecem aqueles chifres para a gente gritar, se quiser, e eu quero gritar de indignação. Isso que nem mencionei os garçons, que mais parecem gogoboys vestidos de vaqueiros. Alguns deles vêm até mim pedindo fotos e autógrafos, o que eu acho o auge da vergonha: imagina eu, um homem casado, tirando foto com caras bombados assim? Parece mais uma despedida de solteira, isso aqui.

"Lucas, mas e a degustação do Legume?", vocês me perguntam. Rá, é aí que nós dois nos enganamos: só estão servindo carne! Sinceramente, é bom que a baiana não tenha labirintite, porque ela vai rodar agorinha!

Chamo um garçom e pergunto:

— Vem cá, que tipo de propaganda enganosa é essa?

— Perdão, senhor?

Ah, pronto, lá vai ele se fazer de sonso.

— Ué, vim degustar um legume, daí chego aqui e botam esse bife no meu prato!

O garçom fica com um brilho nos olhos.

— Essa carne é de um dos touros mais famosos por aqui, o nome dele era Legume. Ele pesava o suficiente pra alimentar três famílias inteiras.

— Não se elas fossem vegetarianas, né, amado? — Olho sério para ele. — Que tipo de desaforo é esse?

— Moço, eu não entendo — diz ele, com expressão confusa. — O nome deste lugar é 100 Rodeios, ou seja, vários rodeios, e você esperou que fosse vegetariano?

— Você é meio burro, né? Sem Rodeios e 100 Rodeios têm a mesma pronúncia, tonto. Um quer dizer que não tem rodeio e o outro que tem vários. Como eu iria saber?

— Hummm... lendo a placa lá fora, onde tá escrito 1-0-0 Rodeios — ele soletra, como se eu tivesse cinco anos.

Pra mim chega.

— Escuta aqui, Seu vaqueiro, você sabe com quem está falando?

Nisso, o que eu julgo ser o gerente, pelo chapéu de caubói extravagante, chega até ele e sussurra alguma coisa. Decerto viu a treta rolando e quis intervir, e eu acho incrível porque isso faz o garçom ficar branco, e depois vermelho de vergonha. Bem feito.

— S-sim, s-senhor — gagueja —, você é o Lucas do programa da tevê.

Jogo a cabeça pra trás, triunfante.

— Sim, eu sou. Sabia que posso destruir vocês com apenas um vídeo nos stories? — Olho para ele e pro gerente com docilidade, a própria Paulina na pele da Paola Bracho.

— Sabemos, senhor D'Angelo — o gerente entra na conversa —, e pedimos desculpa pelo mal-entendido. O senhor é vegetariano?

– Não, mas eu acho uma falta de resp...

– Então vamos te oferecer uma cortesia da casa como compensação – o gerente me interrompe. – Nós, do 100 Rodeios, iremos te dar o corte mais nobre do Legume, para você saborear.

Hummm... Até que não é uma má ideia.

– Ah, mas pelo vexame que eu passei aqui, eu merecia pelo menos uns pãezinhos de alho também, né? – Faço aquela cara, como se não fosse nada de mais.

– Claro, senhor. É o mínimo. – O gerente tira o chapéu, revelando uma careca brilhante. – O que mais podemos oferecer?

O garçom quer se enfiar em um buraco, temendo que seja ele quem vai pagar por esses mimos. É bom que pague mesmo.

– Nada muito extravagante, viu... – Procuro o crachá dele para descobrir seu nome –...Paulo. Três potes de vinagrete, cinco cortes de maminha, dez espetinhos de coraçãozinho de galinha e duas costelas inteiras tão de bom tamanho. E uma Coca Diet de dois litros. E um pote de salada. Tudo pra viagem, faz o favor, Paulinho. – Equilíbrio é tudo na vida, né?

– É pra já!

Paulo sai correndo, e estala os dedos para chamar o garçom para ajudá-lo. Como é bom ser influencer, meninas. Até deu vontade de fazer um vídeo e postar nos stories agradecendo, mas vamos provar primeiro, né? Vai que é ruim...

Quando o garçom me entrega as sacolas cheias de comida, eu me sinto a própria abençoada por Cher neste dia. É como dizem: a Legume dado não se olha os dentes. Jeff diria que foi Chorão quem disse, aparentemente. Aproveito e tiro uma foto dos mimos do dia e mando para Bia, convidando-a para me acompanhar após o trabalho no encontro com a cerimonialista, e ela topa imediatamente. Hoje ninguém vai estragar meu dia (engole essa, marido, que eu tenho CERTEZA de que essa é do Chorão).

No metrô, vejo que minha mãe mandou mensagem lembrando que em dois dias ela estará aqui em São Paulo para comemorar meu aniversário. Ela voltou para Catanduva depois que eu me casei. Aparentemente, mamãe sentia falta de lá, e era muito chegada nas amigas que fez na juventude. Putz, isso de ela vir pra cá me lembrou de que tenho que avisar o Jeff. Eu me esqueci completamente de falar pra ele. Droga, ainda tô irritado com ele e o Pedrinho. Vou esperar me acalmar, senão vou ter um ataque de nervos e aí eu é que vou dormir com a Gaga na lavanderia.

Olha só, Toni mandou mensagem também. Parece que ele viu um touro de madeira bem exótico no antiquário do senhor Aquino, e achou que eu deveria tatuar um tourinho no braço porque, segundo ele, ando muito egoísta, dando coice em todo mundo. Hahaha, que engraçado... só que não. Mando um gif da Gretchen bem debochada e deixo pra lá.

Como não tenho um segundo de paz na vida (desculpa, Chorão, aparentemente vão estragar meu dia, sim), é só tirar os olhos do celular que eu reparo na dupla de esquisitões na minha frente. Ah, não. De novo não.

– Sentiu saudades, Luluquinho? – Glória manda um beijo.

Eu não tenho ideia de quantas formas ela consegue me chamar. Hoje o cabelo dela está enrolado em dois coques, um de cada lado da cabeça, com uma mecha caindo nos olhos.

A maquiagem está toda em tons de verde e o batom é preto. Já seu amigo Pudim está de camisa polo verde e jeans escuros. Não arrisco olhar para os seus pés, vai que tem um sapatênis. Beyoncé me livre.

– Ih, e essas sacolas aí? – Pudim aponta para as minhas mãos. – Pra pagar o meu chefe não tem dinheiro, mas pra comer igual a um príncipe tem de sobra, né?

Glória finge surpresa, com as mãos na boca.

– E você acha que é bonito comer tudo isso de carne, né? E isso é uma Coca Diet? – Ela inspeciona a sacola com os olhos. – Direto de Chernobyl, senhoras e senhores – comenta e aplaude, enquanto as pessoas do metrô olham pra gente, julgando. – Cara feia pra mim é fome, queridos – anuncia Glória, jogando a mecha de cabelo para trás. – Menos pra esse aqui – aponta pra mim –, que claramente tá bem alimentado, come que nem um boi. Mas pro Vênus parece que você só tem vacas magras na sua vida, porque tá devendo até as unhas.

– Eu já disse que vou pagar até dia dezessete. E já entendi que você leu o nome do restaurante e tá fazendo piadinha com boi e tal. Que engraçada você é, hein? – digo, revirando os olhos.

– Ai, ai, ui, ui, a madame tá estressada! – Ela me olha de cima a baixo.

– Parece que alguém tá bravinho hoje, né? – Pudim diz, e sinto as minhas bochechas queimarem. – A gente veio te dar um ultimato, cara. Se liga.

– O colonizador ali tá certo – Glória concorda, olhando para as unhas gigantes. – É o último aviso de que você tem que pagar Vênus, senão um babado horroroso vai acontecer.

— Ah, é? E como vocês sabiam que eu estava neste vagão? Colocaram um chip em mim, por acaso? — Engrosso a voz.

— Como se precisasse, mané. — Pudim me olha com desdém. — Você confirmou presença no evento da degustação, não lembra? E só tem uma linha daqui que você pode pegar pro trabalho.

— E como sabia que eu não tinha ido pro trabalho mais cedo?

— Pelo amor de todos os *Oscars* que Meryl Streep ganhou, menino! — Glória quase voa no meu pescoço. — Você postou stories falando que acordou atrasado. Tudo pra você é teoria da conspiração, lindo?

Droga. Talvez eu devesse mesmo me reservar mais das mídias sociais. Mas ainda assim isso não parece certo...

— Tá, mas eu já disse que vou pagar, então dá pra vocês me deixarem em paz?

— Nem a pau, Juvenal. A gente vai ficar na sua cola enquanto não quitar a dívida. E o Vênus vai aprontar coisa pior ainda pra você. Aliás, já aprontou — fala o capanga, com um gesto de cabeça pra mim.

— *Au revoir*, Lu! — Glória se despede e, batendo o salto, salta com Pudim no instante em que as portas do metrô se abrem.

Sigo o caminho até o trabalho em silêncio, pensando se a ameaça é séria ou só um blefe.

Quando chego ao estúdio, Maicon diz que estou mais bonito hoje, e falo que aprecio, mas sou um homem casado, apontando a aliança para ele. O cameraman acha estranha essa fidelidade toda e sai de perto. Aliás, não vejo sinal do Eduardo, e presumo que ele esteja enfurnado em alguma sala com o notebook dele. Pela conversa de ontem, duvido muito que já tenha conseguido rastrear a ligação, no entanto mando uma mensagem pra ele mesmo assim, preocupado com a possível ameaça. Eduardo diz que não teve resultados por enquanto.

Meu chefe briga comigo porque me atrasei, anuncia que é a primeira vez que me vê sem dar em cima de ninguém, então hoje vai fazer vista grossa. A verdade, como já contei pra vocês, é que ele não pode me demitir, então fica criando desculpinhas para me manter aqui, mas tudo bem. Aceito o biscoito que ele me dá.

Para a minha felicidade, o convidado de hoje é o último vencedor do MasterChef. Eu passo a entrevista toda salivando com as comidas que ele descreve, imaginando o gosto, o cheiro, a textura na boca. Ele até traz uma degustação de um bolo trufado com paçoca e doce de leite – e, vejam só, é uma das melhores coisas que já provei na vida. É tão bom que, quando cortam para os comerciais, eu peço a ele na maior cara de pau:

– Você deixa eu levar um pedaço do bolo pra casa? Meu marido ia amar experimentar – falo de maneira fofa, como se realmente fosse verdade. Não que eu fosse comer tudo na volta pra casa, imagina...

– Claro, leva o resto. Minha esposa já tá cansada de comer meus doces, mesmo. – E dá de ombros.

Que vida difícil essa esposa deve ter, né?

Agradeço pelo mimo e chamo um carro para ir à reunião com a cerimonialista. As caixas abarrotadas de comida de graça fazem a minha alegria durante o caminho.

A cerimonialista – que, aliás, se chama Rebeca – já está conversando com a Bia quando eu chego. Pechincho algumas coisas da festa, e percebo a Bia me olhando feio várias vezes por causa disso. Minha amiga sussurra que o pai dela comprava sempre o plano mais caro que a Rebeca oferecia, e que cada convidado ganhava um pote de um quilo de Nutella de brinde, como lembrancinha do evento. Coisa baratinha, como vocês podem imaginar. Fico tentado a assinar esse plano, mas é quase o valor da minha dívida! Não posso arriscar. Tento diminuir o preço e manter a Nutella, mas nesse momento tenho que fazer a minha escolha de Sofia. Sem Nutella, mas com canapés de salmão com cream cheese, disponível no buffet que não é tão chique, mas é melhor do que salgadinho e cachorro-quente. E não vale o preço de um carro, o que é ótimo.

A Bia fica me enchendo o saco com isso, falando que é bobagem economizar, já que o local vai ser todo chique e só se faz trinta anos uma vez na vida. Em um momento ela quase explode de raiva:

– Lucas, assim não dá! Com essa "mãodevaquice" toda, vai parecer que você quer iludir os convidados.

Ai, sinceramente, tem hora que eu acho que a burguesia tem que acabar mesmo. Marx, nunca te critiquei.

– Amiga, se você tá achando ruim, paga pra mim, então – digo, bravo com ela.

Bia não responde nem olha pra mim, então decido ligar pra Mari pra ver se fiz certo. Ela diz que a Bia é muito riquinha mesmo, e que eu deveria olhar algumas coisas na internet, tipo opções de decoração alternativas, porque deve sair mais barato. A sensatez bate no teto, né? Quem sabe eu não consigo parceria pra isso? Sai mais em conta ainda.

Na volta pra casa, aproveito para comprar um vinho rosé para o jantar romântico. Prometo pra mim mesmo que vou deixar a briga – e as tretas do dia – de lado para ter um momento a sós com meu nego.

Chegando ao apê, corro para esquentar a comida, porque Jeff deve chegar logo. Deixo o vinho gelando e pego as velas e a toalha de mesa mais bonita que temos (e uma das únicas sem pelos dos gatos). Escolho uma roupa bem bonita: uma camisa de botão cheia de listras coloridas, uma calça social e um tênis que comprei semana passada. Pinto as unhas de vermelho e passo perfume, aguardando o meu excelentíssimo chegar.

Ele chega uns quinze minutos depois, bem na hora em que o forno faz *plim* e a comida está pronta. Jeff olha pra mim, e eu sorrio como um galã de novela. Ele, então, olha pra mesa preparada, e olha pra mim de novo, na dúvida.

– Você tá realmente esquisito hoje. Mas não vou reclamar, até porque milagre a gente agradece, né? – Pisca pra mim.

– Com certeza, baby – digo, ignorando o comentário sobre estar esquisito. – Vai se arrumar pra curtir esse jantar romântico.

Meu marido vai pro chuveiro e volta em dez minutos, de roupa social e tudo.

Tiro as carnes e os pães de alho do forno, pego a salada, a Coca Diet (deu vontade, ué!) e o vinho rosé da geladeira. Disponho tudo de maneira chique na mesa, e ele sugere gravarmos a nossa reação comendo carnes nobres, prometendo fazer diversas vozes enquanto experimenta. Peço pra ele fazer só no Insta dele pra eu não me expor, e ele estranha, mas diz que tudo bem. (Alerta de spoiler: tava tudo uma delícia. E eu me passei um pouco no álcool – culpa do romantismo, que me faz ignorar pra valer os meus limites.)

Como sobremesa, pego o bolo trufado (sim, eu não comi, essa foi a boa ação do dia) e coloco em pratos de porcelana. É ainda mais gostoso agora, mais gelado. Mingau solta um miado triste enquanto terminamos de comer, e vejo que tanto ele quanto Gaga nem tocaram no prato de comida. Que saudade da minha Pepitinha. Não é possível que ela tenha passado o dia todo namorando... Isso tá estranho. Foi só pensar nela que meu telefone toca. É Vênus no FaceTime.

Quando atendo, a imagem me causa calafrios e eu quase caio. Porque o que eu vejo é Pepita no colo de Glória.

– O que é isso?! – exclamo, tentando falar sem chorar de raiva. – Pepitinha, minha princesa, você tá bem? Jeff, corre aqui!

Meu marido vem e solta um barulho assustado quando olha pra tela do celular.

– Ela tá ótima, não é, Pepi? – Glória a acaricia e ela solta um miado triste, chamando a atenção de Mingau, que começa a me escalar para ver a irmã na tela do celular, e de Gaga, que vem correndo e latindo.

– A gente avisou que não tava de brincadeira, parceiro. – Pudim aparece na tela, de braços cruzados.

Atrás dele está Vênus, vestindo uma máscara e uma manta que me dão um baita medo.

— E eu já disse que você iria pagar pela dívida que fez — a voz robótica de Vênus ameaça.

— Isso foi longe demais, Vênus! — vocifero. — Eu vou te denunciar pra polícia! Mesmo que isso me exponha, não posso deixar que faça isso com a Pepita.

— Ah, é? — Glória ergue Pepita na direção de Vênus, que coloca as mãos ao redor da garganta da gata. — Denuncia então, amore.

Vênus coloca um pouco de força nas mãos, o suficiente pra fazer a Pepita tremer de medo. Ele acena para Glória e ela continua:

— É só ligar que ela morre. Na primeira sirene que a gente ouvir, já vamos providenciar que sua amada gata vá para o céu felino, viu?

— Ele não é dos mais espertos mesmo... — Pudim cantarola. — Até mais, otário.

E a ligação cai.

Sinto meu mundo desabar. Minha família, meu tudo... Desmoronando assim. Quero gritar, matar Vênus e esses capangas malditos que ajudaram a tirar a Pepita de mim! Mas não consigo me mexer. Não estou sóbrio pra isso. Me sento no chão e fico lá, provando da minha tristeza.

Jeff chega perto e me abraça, oferecendo conforto, e eu aceito. Depois, ele bate no apartamento de Mari e Toni e explica pra eles o que está rolando. O casal vem tentar me consolar.

— Amigo, isso é bem pesado de se lidar. A gente sabe o quanto você ama essa gatinha — é só o que Mari consegue dizer, antes de cair em lágrimas.

Toni chora muito também, até que se recompõe e me oferece apoio:

— Se a gente tivesse grana, pagava a sua dívida agora mesmo. Cara, como você conseguiu se endividar tanto a ponto de ficar na mão desses bandidos?

Devastado como estou, não consigo explicar nada pro Toni. Ele entende perfeitamente o que estou passando e me dá um abraço apertado. Fico parado, com eles, desidratando.

Jeff faz algumas ligações para conhecidos nossos e conclui que só a polícia teria como fazer alguma coisa. Mas está claro que não dá pra chamar a polícia e correr o risco de me expor e de causar o pior para a Pepita.

No estado de choque que me encontro, não reparo que Mari e Toni se despedem, e não sei em que momento acabo adormecendo no chão da cozinha, com o meu marido. Totalmente miserável, com Mingau miando triste no meu colo e Gaga deitada nos meus pés, uivando. Eu nem sei como minha vida chegou a esse ponto. Não acredito em inferno astral, mas que estou passando por um inferno, disso não há dúvidas.

3. GÊMEOS
Trollei meu marido, e agora?

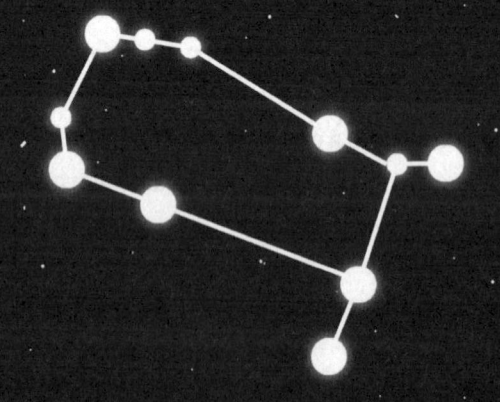

Acordo no chão da cozinha com uma dor de cabeça terrível depois de ter chorado tanto. Será que no YouTube tem dicas de remédios caseiros? Não queria ter que ir até a farmácia comprar remédio com esses olhos inchados, ou pior, de óculos escuros. Iam me achar muito metido, como se eu quisesse sair na rua sem ser incomodado. Não seria mentira, né? Mas é aí que iriam me cancelar de vez. Jeff nem acordou ainda, acredita? Mingau tá lambendo ele e nada. Mas como posso culpá-lo? Estamos arrasados pela falta da Pepitinha.

Eu não acredito que estou com essas olheiras gigantes e inchadas. Credo, gente, parece que fizeram um botox errado na minha cara. Eu, hein? Não é fácil ser eu.

E vocês acham que é *só* com isso que eu tenho que lidar? Quem me dera. Quando eu estou indo pro banheiro, vejo um caminho de espuma de colchão que leva até a lavanderia. Justo perto da data da visita da mamãe, única época do ano em que somos obrigados a deixar a casa limpa. A vida me odeia, é isso, a vida é homofóbica, não é possível. Pelo amor de Cher, e essa dor de cabeça que não passa? Ah! Olha só, encontrei o fim do rastro das espumas, chegando até onde a minha cachorra está. Uma Gaga com cara de culpa me olha deitada no que restou do colchão dela. Aparentemente, ela descontou toda a tristeza e a saudade da Pepita na sua caminha. Pronto, lá vou eu, cheio de dívidas, fazer mais um gasto comprando outro colchão pra ela se deitar. Mas, nossa, a Gaga tá tão devastada, com os olhos caídos, carinha triste... Vou comprar um petisquinho pra ela quando for pro trabalho hoje.

Quando volto pra cozinha, vejo que Jeff já está de pé, com o cabelo todo amassado de um lado e uma caixa de remédio pra dor de cabeça na mão. Eu sabia que tínhamos isso em casa, só não sabia onde. Ele vive escondendo os remédios de mim.

– Sinto muito pelo que aconteceu com... com a Pepita – Jefferson diz. – Nunca te vi tão protetor com a família como ontem à noite.

– Eu SEMPRE fui protetor com a família, Jeff. Que afronta – reclamo, mas logo mudo de ideia. – Tô bem mal com o rapto da Pepi. Ela parecia tão assustada, sabe? Deus sabe o que estão fazendo com ela no calabouço onde deve estar escondida. – Coloco a cabeça entre as mãos, preocupado.

Meu marido me consola com uma mão amiga no ombro e um beijo na testa.

– A gente vai arrumar um jeito de salvá-la. Podemos começar com a nossa dívida, certo? Tem que ter algum jeito de pagar essa bolada que estamos devendo. Pra começar, a gente vai parar com qualquer gasto desnecessário, pra dívida não aumentar ainda mais, certo? – sugere.

Ai. Merda. Não dá mais pra esconder dele a minha festa de aniversário.

– Então, amor, sobre isso... – Olho pra ele com cara de cachorrinho que caiu na mudança, enquanto ele coloca a água do café para ferver. – Talvez... Apenas uma hipótese, claro, não tem motivo pra eu fazer isso, seria muito irresponsável, ainda mais com uma dívida gigante pra pagar, né? E...

– Desembucha logo, Lucas – diz, me cortando.

Agora eu nem posso mais me comunicar nesta casa.

– Tá bom, já que você me pediu tão educadamente, eu conto. – Olho pra ele, irritado. – Eu tô organizando um festão de aniversário de trinta an...

– Espera, você *o quê*? – Jeff me lança um olhar de quem vai jogar um chinelo na minha cara, com a colher de pó de café na mão.

– Não precisa se irritar! Não é nada de mais, eu consegui vários descontos ontem, e a Mari me passou um site ótimo pra ver coisas de decoração, não sei se você conhece, é o...

– Lucas! – Jeff joga com tudo a colher na pia e me olha, bravo. – Você tá organizando uma festa e não falou nada pra mim? Se esqueceu de que não podemos mentir um pro outro?

– Ah, e agora cê tá bravo? – Cruzo os braços e o encaro. – Você estava todo cheio de gracinha com o Pedrinho ontem e eu não falei nada, fiquei na minha como um bom marido faria, e quer me acusar de esconder as coisas de você? Logo a pessoa que claramente encontrou o tal do Pedro em um aplicativo de relacionamento qualquer!

– Na verdade, se me lembro bem, você falou sim – diz, irritado. – E eu já disse, ele é só um amigo! Além do mais, ele tá ajudando a gente com a dívida, porque vai me pagar bem pelo serviço de dublagem. Já a sua festa só traz despesa e dor de cabeça.

A afronta, meu Deus.

– Então tá, Jefferson, vamos esquecer a nossa gata, que foi raptada, e falar de como eu tô atolado de dívidas. Como você acha que isso me afeta? O que vão pensar de mim? Que não sei nem cuidar da minha família? Que não sei usar meu dinheiro... – Escuto o berro da chaleira no fogo. – Não vai desligar a chaleira, não? Vai deixar ela gritando aí o dia todo? Eu, hein!

– Retiro o que eu disse, Lucas! – Ele desliga o fogo com rapidez e não me olha nos olhos. – Você não tá protetor com a família coisa nenhuma. Você só tá pensando no próprio umbigo, em como o rapto afeta a sua imagem, e não na nossa vida a dois. E eu pensei por um segundo que você estava mudando dessa vez – fala com a voz baixa.

Essa doeu.

Engulo em seco e saio de perto, deixando Jeff tomando café sozinho, com a Gaga alojada nos pés dele com ar de tristeza. Mingau está do meu lado me fazendo companhia, e ronrona baixinho, como se quisesse me consolar, demonstrando que ao menos ele está aqui.

Pego o celular e vejo que Bia mandou uma mensagem avisando que está na recepção do prédio me esperando. É bom que ela tenha um bom pedido de desculpas depois do chilique que deu ontem comigo.

Corro pra me arrumar, escolhendo um macacão *jeans* e uma camisa de botão florida. Assisto a um tutorial no YouTube e faço – ou ao menos tento – a maquiagem do vídeo: um delineado preto com a sombra vermelha e a boca em um tom de vinho, mostrando meu pesar pelo sumiço de Pepita. Até parece que eu ia sair sem um reboco na cara depois de ficar com os olhos inchados de ontem, né? E a cútis perfeita também se foi, infelizmente. Droga.

Quando me encontro com Bia, ela está balançando na mão um chaveiro com duas cabeças. Elas são de pano e meio costuradas uma na outra, tipo um vudu de gêmeas siamesas.

Bizarro. Ainda assim, o chaveiro me parece familiar. Antes que eu possa perguntar, Bia começa:

– Gostou? Comprei do senhor Aquino. Ele deu um desconto de quase cinquenta por cento – comenta, como se ela precisasse de desconto pra comprar alguma coisa.

– Ah, é daí que eu conheço esse chaveiro! – digo, estalando os dedos. – Ele ficava exposto na vitrine toda semana, há um bom tempo já. Estranho aquele velho resolver dar um desconto hoje. Mas, olha só, isso é um pedido de desculpa? Porque ontem não escutei nenhum – debocho, lembrando da briga do dia anterior.

Ela olha para baixo, para as próprias mãos que seguram o apetrecho estranho, e solta um suspiro.

– Sim. Me desculpa, eu fui muito idiota de criticar sua atitude com a Rebeca. – Ela me oferece o chaveiro como uma trégua. – Vamos fazer tudo para que sua festa seja incrível, mesmo que com baixo orçamento.

– Bom, minha oferta ainda é a mesma. – Pego o chaveiro e o toco, fazendo as cabeças girarem feito a da menina de *O exorcista*. – Se quiser pagar a festa, fique à vontade. Mas, se for pra eu pagar, vai ser do meu jeito.

Eu sei que ela está se segurando para não sair andando e me deixar aqui sozinho. Sua voz sai num tom controlado quando concorda:

– Claro. Vou te apoiar no que você preferir. É pra isso que servem os amigos.

Bom, eu já tenho problema suficiente com que lidar. Não vou ficar brigado com ela só por birra. E o chaveiro é até que interessante, meio rústico.

— Você sabia o que o senhor Aquino fazia antes de ter o antiquário? — pergunto, me sentando ao seu lado no sofá vermelho da recepção. Uma fofoquinha não faz mal pra ninguém.

— A Mari disse uma vez que foi colega dele no Hospital das Clínicas, quando ela trabalhou como enfermeira lá.

A memória de Bia, como sempre, não falha.

— Parece que ele trabalhava no almoxarifado ou algo do tipo — ela continua —, mas sempre foi bem simpático, por baixo daquela carranca que ele tem.

— Nossa, ele mudou da água pro vinho, né? Acho estranho que nunca tenha se casado. Ele não é de se jogar fora.

Bia parece estranhar minha súbita curiosidade no senhor de meia-idade.

— Talvez ele seja viúvo, sei lá. — Ela dá de ombros. — Ele não deve ter nem sessenta anos. Deve ter quase a idade da sua mãe.

— É verdade — concordo, balançando a cabeça. — Aliás, ela chega amanhã e a minha casa tá uma bagunça, menina! A Gaga destruiu a caminha de noite, depois que a... — pondero se conto a verdade sobre Pepita ou escondo (não que eu seja rancoroso, mas depois do surto da Bia ontem eu prefiro me omitir) — ...depois que dei pra ela um ossinho meio duro no jantar. Acho que ela se empolgou e roeu tudo que viu pela frente.

— Você devia dar um floral de ansiedade pra coitada — diz, olhando para as unhas, e então checa o celular. — Eu vou indo para o escritório, senão vou me atrasar e tô cheia de trabalho pra fazer hoje. Me mantenha atualizada sobre a festa, pode ser? — Bia se levanta e arruma a saia.

— Claro, pode deixar.

— E vê se não perde a cabeça, Lucas. — Ela pisca pra mim, discando um número no celular e colocando o aparelho na orelha.

Levanto o chaveiro e digo:

— Isso vai ser difícil... Agora tenho três cabeças para perder, né? — respondo, balançando as cabecinhas gêmeas bizarras do chaveiro.

Ela me dá um sorrisinho e sai, indo para o serviço. O que me lembra que eu também tenho que trabalhar. Jesus, eu só queria ter nascido na família Kardashian. Ou ter saído do útero da Beyoncé. Qualquer um dos dois já bastava, e aí eu não precisaria ir pro estúdio hoje.

Quando já estou lendo as pautas, me lembro do FaceTime de ontem bem na hora em que Eduardo passa apressado na minha frente, segurando um copo de café. Tudo ficou tão confuso pelas bebidas que me esqueci completamente de que eu vi tudo pelo celular. Levanto e grito seu nome, correndo atrás dele.

— Eduardo do céu, eu preciso de você!

Ele me olha, assustado, enquanto eu fico sem ar.

— Talvez minha mãe esteja certa e eu deva entrar na academia, né? Meu Deus, que calor, ai... — Respiro profundamente, com a mão nos joelhos.

— Hã... Oi? — Edu responde, dando um gole no café. Ele está usando uma camisa social branca e os cachos estão meio ondulados, e de alguma forma ele me lembra o Jim Halpert, de *The Office*.

— Menino, era você mesmo que eu tinha que encontrar. Conseguiu hackear a ligação? — Agora já consigo respirar normalmente. Ou quase.

— Ainda vai demorar um pouco, Lucas. — Ele coça a cabeça, indeciso. — Mas por que a pressa? Aconteceu mais alguma coisa?

Sinto minha garganta fechar. Eu preciso falar sobre isso com alguém.

— Ai, amigo, tudo começou uns anos atrás, numa tarde de domingo, quando decidi adotar a Pepita. Ela era tão pequena que cabia na minha mão, um projetinho de gata, coisa mais fofa, sabe...

Depois de quarenta minutos de falação, chego ao FaceTime da noite anterior. Edu arregala os olhos e parece ficar arrepiado com o rapto da gatinha.

— Lucas, isso é... terrível, de verdade. Não sei como você conseguiu vir trabalhar ainda assim.

— É bem péssimo mesmo. Nem sei como tô aqui. Mas ficar em casa era pior, né? Tudo lá tem o cheirinho dela, os pelos... Ainda posso vê-la correndo pela casa atrás do Ming...

— Ei, calma, não precisa ficar se lembrando do passado como se ela tivesse morrido — diz, e dá um tapinha nas minhas costas. — Eu posso te ajudar. Podemos tentar identificar quem está por trás disso.

Meu coração fica quentinho quando ele fala isso.

— Sério? De verdade? Dá pra fazer um rastreamento facial, pegar o endereço e...

— Menos, Lucas. Isso aqui não é o FBI. Eu posso gravar a ligação e aí pausamos, procurando detalhes familiares — explica.

Ah, isso é bem menos emocionante, mas ok. Melhor do que nada.

Edu pega meu celular, descarrega os dados do aplicativo de rastreamento no notebook dele, clica em um milhão de lugares e digita uns códigos meio estranhos na tela. Tenho medo de que ele veja meus nudes, mas, quando algo aparece na tela, não é nada comprometedor. Na verdade, é assustador. Porque quando ele dá play eu vejo novamente a ligação de ontem, com Glória, Pudim e Vênus maltratando a pequena Pepita, que parece pálida naquela luz macabra.

– Esse cara, Vênus, é bem estranho. Mas até que combina com o codinome dele – afirma.

– Quê?

Ok, do que ele está falando? Que por baixo desse mistério todo tem um Rodrigo Hilbert bonitão, já que Vênus é a deusa da beleza?

Edu arruma os óculos, e eu sei que agora ele vai virar uma Wikipédia.

– Bem, a maioria das pessoas associa Vênus à deusa romana do amor, da beleza, da feminilidade, né?

Concordo com a cabeça, e ele continua:

– Isso é verdade, mas não quer dizer que ela é uma deusa... hã, como se diz... fácil de lidar.

– Ué, como assim? – Olho pra ele, confuso.

– Vênus, ou Afrodite, sua forma grega, é bem vingativa e não tem muita piedade, não. Pensa que ela deu à luz Eros, deus do amor, mas também teve Deimos, que era deus do terror. Então ela era meio surtada, digamos assim – explica, enquanto dá um gole no café.

Que ótimo. Vênus é o Rodrigo Hilbert surtado com uma motosserra. *Que vida boa a minha.*

– E, como uma deusa, ela aceita de bom grado sacrifícios humanos e de... animais – ele diz a última palavra com pesar. – Lucas, esse cara tá usando a mitologia para justificar tudo que ele faz. Entende?

– Entendo sim, e é por isso que ele vai se ver comigo. Divino ou não, eu vou colocar esse safado no lugar que ele merece!

Saco o celular e mando um áudio de dez minutos para o contato dele. Ele visualiza, mas nem escuta. Que desaforo.

– Essa sua estratégia é a pior possível – Eduardo me diz, franzindo a cara. – Quanto mais você responder, mais informações suas estará entregando pra esse bandido.

Começo a me desesperar.

– Du, Edu do céu, por favor, me ajuda. O que eu posso fazer pra salvar minha gatinha? O que dá pra fazer sem acionar a polícia ou sei lá? Você é tão inteligente, deve saber de algum jeito de ajudar a Pepitinha. – Estou implorando, com as mãos unidas em um gesto de súplica.

– Eu posso tentar rastrear a ligação de vídeo, também, mas vai demorar de qualquer forma. Em alguns dias já teremos a resposta, prometo. – Dá uma piscadinha.

Abraço Edu por cima da mesa, todo torto, e quase derrubo seu café.

– Obrigado, obrigado, obrigaaaado! Tô te devendo uma.

–Não precisa me agradecer ainda. Mais tarde, quem sabe. Agora você precisa trabalhar e eu também. Falou! – diz, levantando-se e saindo.

Ah, é. Tem isso. Mas eu tô morrendo de fome, então vou dar uma passadinha no café que fica a um quarteirão do estúdio, porque lá tem um donut maravilhoso e eu tô precisando de açúcar pra afogar as mágoas.

♊

Vocês não acreditam em QUEM está na cafeteria. Ninguém mais, ninguém menos que a...

— Bethânia? O que você tá fazendo aqui?

Dandara se vira e vejo que não é ela, mas alguém muito parecido, com os cabelos vermelho-sangue.

— Creio que tenha me confundindo com a minha irmã gêmea, que está logo ali. — Ela aponta para outra mulher idêntica a ela, porém com cartas de tarô na mão, sentada enquanto fala com uma criança magricela.

Lidar com uma já era difícil. Agora duas? Antes que eu possa dizer algo, Dandara me vê e acena. O garotinho ao seu lado dá uma risadinha depois que ela sussurra algo em seu ouvido.

— D'Angelo! O que o senhor está fazendo por aqui? Aproveitando muito esses dias antes da grande festa?

Eu não lembro de ter comentado sobre a festa com ela... Como é que ela sabe disso?

— Vim comer, obviamente, já que é uma cafeteria — digo, arrogante. — Não sabia que você tinha uma irmã gêmea. Mas bem que dizem que desgraça nunca anda sozinha, né?

Ela faz uma cara de interrogação e fala:

— Minha irmã gêmea morreu quando eu ainda era um bebê. Como você pode ter visto ela?

Fico pálido e sinto um arrepio subir e meus pelos do braço se arrepiar. Quando estou prestes a desmaiar, a criança começa a rir alto e Dandara acompanha.

— Brincadeirinha! Aquela é Samara. — Ela acena para a irmã, que está na fila para pagar e retribui o gesto.

Essa mulher quase me mata do coração. Vai se ferrar, doida.

— Que brincadeira de mau gosto, hein? Vem cá, você que entende tanto de astrologia ou sei lá, como que eu derroto um deus?

— Todo mundo sabe que não dá pra derrotar um deus sem sacrifício e trabalho pesado — a criança fala, pela primeira vez. — Talvez você tenha que matar alguém. Isso seria demais!

— Ícaro, o que eu te disse sobre violência? — Dandara o corrige. — Sinto muito, mas não posso te ajudar, Lucas. Já fiz o que podia para tentar consertar essa sua cabeça-dura.

Não acredito que engoli meu ranço para isso. Aff.

— Tipo o quê? Me assustar com essa história da sua irmã?

Dandara dá uma risadinha feito uma bruxa.

— No tempo certo as coisas vão fazer sentido, Lucas. Mas agora eu preciso ensinar a esse menino aqui sobre como a Lua influencia nas emoções dele, se me dá licença. — E me ignora, conversando com o tal Ícaro com atenção.

Ele deve ser um dos meninos carentes que ela ajuda.

No momento em que vou pegar os donuts, mudo de ideia e peço cookies, mas eles parecem muito pequenos, e então pego muffins. Ligo pra Mari enquanto como e comentamos sobre as últimas fofocas do momento. Quando desligo, vejo que minha mãe mandou foto das malas prontas, e parece bem animada para a viagem, o que é bem estranho, já que a última vez que a vi tão animada foi uns vinte anos atrás, quando decidi ser coroinha na igreja perto de casa. Depois que meu pai morreu e ela se viu bem sozinha, parece que sua empolgação com a vida diminuiu pra quase zero. Talvez o CrossFit esteja despertando bastante serotonina nela, né? Vai saber.

♊

Antes de o programa começar, troco de roupa umas cinco vezes, e nenhuma parece boa o suficiente. Opto por usar uma calça social com uma camisa listrada. Ainda assim, fico pensando se foi a melhor opção, mas não tenho mais tempo, pois quando vejo já está na contagem regressiva para que eu entre no ar.

– Bom dia, lindos e lindas do meu Brasil. Eu sou Lucas D'Angelo e estamos ao vivo em mais um *Dazonze* – anuncio, tentando me animar. – Hoje iremos receber uma dupla muito querida pela comunidade hétero que nos acompanha. Hoje é dia de arrastar o chifre no chão, e podem entrar... Maiara e Maraisa!

Aplausos surgem do público. Avisto alguns chapéus de caubói na multidão, e escuto alguns assobios quando elas entram no cenário.

– Bem-vindas, meninas. Como vocês estão lindas hoje! – comento.

A Maiara-Maraisa está com um macacão brilhoso vermelho de mangas e pernas compridas, enquanto a Maiara-Maraisa está com um vestido também de brilho, porém preto.

– Obrigada, você também está bem lindo hoje, Lucas – diz Maiara-Maraisa de vermelho.

— Que é isso?! Eu peguei a primeira coisa que estava no meu armário — digo, fingindo que não troquei de roupa cinco vezes antes de escolher este look. — E como tá a vida, meninas? Trabalhando muito?

A gêmea de preto responde:

— Ô, cê nem imagina, a gente tá com um...

— Nem te conto, menina! Olha o chaveiro que ganhei hoje. — Tiro da bolsa o presente de Bia.

Elas olham confusas e riem.

— Uau, é realmente estranho, parece um boneco de...

— Vudu! — completo. — Eu sei. Bizarro, né? Aliás, me falem sobre a vida amorosa de vocês. Um passarinho me contou que uma de vocês está noiva de um médico supergato.

Maiara-Maraisa de vermelho responde, desconfortável:

— Sim, o meu noivo, Maicon, é médico na São Ju...

— Olha, Maicon! — Aceno para o cameraman. — Vocês são xarás.

Levo um susto porque meu chefe grita no ponto:

— Para de dar uma de Faustão e deixa elas falarem, inferno!

Ui, nem posso mais querer umas fofoquinhas. Mas deixo elas falarem um pouco, senão fico sem informações novas sobre a vida dos famosos. Pelo menos os que estão fora do meu círculo de amizades, né?

♊

A caminho de casa compro um mimo para Gaga, na esperança de melhorar o seu astral. O que me lembra da Pepi. Como será que ela está agora?

Quando chego em casa, percebo como me senti estranho o dia todo, falando pelos cotovelos. Tudo que eu quero é me aconchegar e ficar em silêncio, com uma máscara de argila na cara e escutando Lizzo no foninho.

Mas quando vejo Jeff deitado no sofá com Mingau aninhado no seu peito, pergunto:

– Nego, você acha que eu tô estranho hoje? Seja sincero, por favor.

Ele me olha por cima dos cachos que caem na testa.

– Achei que não quisesse falar comigo depois da briga que tivemos de manhã.

– Ah, sempre sou eu que não quero falar nada, né? E por que sou eu que trabalho muito, eu que não paro em casa, nunca você que...

– Lucas, por favor... – Jeff me olha com cara de súplica.

– Olha, desculpa pela briga mais cedo, eu estava... estou... meio alterado por causa da Pepita – digo, sentindo uma súbita culpa.

Jefferson arregala os olhos e limpa a garganta antes de dizer, apontando para que eu me sente ao seu lado no sofá:

– Eu sei. Eu também estou pirado com isso. Surtado, na verdade – desabafa.

– Minha mãe chega amanhã, aliás – deixo escapar.

Meu marido parece querer se afundar no acolchoado.

– Amor, por favor, não fica me escondendo mais as coisas, não. Senão vou ser obrigado a usar a voz da Sininho com você, e eu sei que você odeia – brinca, mas temo que esteja falando sério.

– Tá bom, sem segredos. Juro de mindinho. – Ofereço o dedo para ele, que entrelaça o seu dedinho com o meu.

O mundo parece um pouco menos pesado agora. Será que é assim que são os casamentos felizes? Um abrigo no meio do caos?

Ficamos em silêncio, de dedos dados, por um tempo. Depois do que pareceram ser vários minutos, Jeff diz, sem se mexer, com um olhar distante:

– Nem Gaga nem Mingau comeram hoje. Os potinhos de ração deles estão cheios até agora.

Solto um suspiro alto.

– Quem sabe com a minha mãe aqui amanhã eles se animem um pouco. Ela parece mais feliz ultimamente, eu acho.

Jeff se vira para olhar pra mim, atento.

– Ah, é? Bem, espero que ajude mesmo. Mas você sabe que precisamos salvar a Pepita, e para isso...

– Já sei, já sei. Temos que dar um jeito na dívida – bufo, irritado comigo mesmo.

– Exato, Patrick – ele imita a voz do Bob Esponja. – E como vamos fazer isso?

– Ai, nego, podemos ver isso amanhã? Só hoje já tive muita coisa pra lidar, começando por não ter saído do útero da Beyoncé e...

– Vai ficar tudo bem – ele me interrompe. – E, sim, você tá estranho. Ontem comeu que nem um touro e hoje tá falando por dois. Como diz a minha vó, falou mais que o homem da cobra.

– Se eu tivesse uma cobra, ela já teria te picado umas dez vezes só hoje, viu? – comento, com ranço.

– Você tá mesmo bipolar. – Ele ri. – Vou colocar um *RuPaul's* pra gente ver.

– Sério? Eu amo! Você é incrível, amor. Eu te amo – digo, pulando no colo dele e tascando um beijo na boca.

Jeff parece ter uma crise de riso.

– Sempre soube que você era meio doido. É pra ver em silêncio. Só dizendo.

– Você ama estragar a minha *vibe* – suspiro, irritado. Aff, eu odeio estar tão volátil. Isso cansa.

Pego o gim e o remédio para dormir, misturo tudo e me deito no sofá. Durmo antes que consiga ouvir a abertura.

4. CÂNCER
O dia em que eu chorei até desidratar

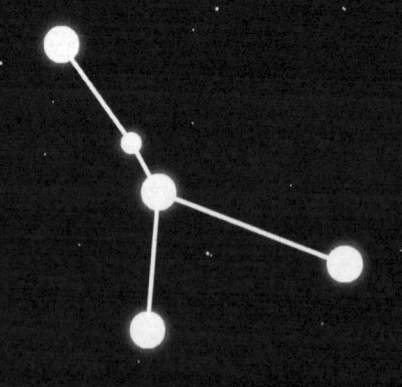

Quando acordo, parece que fui transportado para uma lembrança de infância, porque eu dormi no sofá e acordei na cama, coberto com um lençol. Não acredito que o Jeff foi cuidadoso a esse ponto. Ai, gente, ele é tudo pra mim.

Olho pra ele no café da manhã, sorrindo feito bobo. Ele franze a testa e levanta uma sobrancelha.

– Alguém acordou apaixonado hoje – diz, e morde o pão que segura nas mãos.

Ah, pronto, era só o que me faltava.

– E eu não sou apaixonado todo dia? Quem foi que fez um jantar romântico dois dias atrás, hein? Acho que foi o Pedrinho, porque pelo jeito não fui eu – comento, virando os olhos.

Ele parece querer jogar a xícara de café na minha cara.

– Não, não é. Você nem costuma me dar bom-dia direito, mal me beija quando chega do trabalho.

– Porque eu chego todo cansado e suado, Jefferson! – Bato a mão na mesa, para enfatizar. – Agora é tudo sobre você? Não vê que eu estou passando por um momento de tristeza? A minha Pepitinha... – Minha voz falha e sinto a garganta fechar com a vontade de chorar que surge.

– Lucas, enquanto você ficar nessa montanha-russa de personalidades feito aquele filme *Fragmentado*, eu sou obrigado a ponderar sobre quase tudo que você diz – ele me fala, olhando nos olhos. – O que quer que isso seja, vai passar, eu acho. Precisamos nos preocupar é com a dívida para salvar a gat...

– Agora não, amor! – grito, e as lágrimas caem no rosto. – Não no café da manhã. Não na frente do Mingau.

O gato solta um miado tímido, deitado nos meus pés, dizendo: "Ei, estou bem aqui". Jefferson me olha com cara de "É sério isso?".

Me levanto e vou até a caminha da Pepita. Ainda está com os pelos dela, meio amassada, porque Mingau tem dormido ali para sentir o cheiro da amiga. Se eu sinto a falta dela, imagina ele e Gaga. Eles são tipo um *Rouge* dos pets, estão sempre juntos, brincando, fazendo coreografias e brigando. Me guiando por aquele filme *Pets*, tenho certeza de que dançam "Brilha la Luna" quando estamos fora de casa.

Começo a chorar compulsivamente, de tanta saudade que sinto. A minha rotina era tão doce com a Pepita na minha vida. Eu já te contei do dia em que ela fugiu? Foi um dos piores dias da minha vida. Lembro de vir almoçar em casa e não a encontrar, e comecei a entrar em desespero. Rodei todos os bairros próximos até vê-la brincando com o gato do vizinho de frente, como se nada tivesse acontecido. Chorei tanto quando a peguei nos braços, e agora só de pensar em senti-la no meu colo já sinto meu olho lacrimejar. Se eu pudesse simplesmente encontrá-la, minha vida seria muito mais fácil, mas tenho que pagar a dívida se eu quiser que ela volte para casa. Droga.

♋

Parece que um turbilhão de coisas tem acontecido ao mesmo tempo: dívida batendo no teto, Pepita raptada, meu marido desconsiderando quase tudo que eu digo. Ele deve me odiar, na verdade. Deve estar comigo só por pena;

sou mais um apresentador fracassado – quem sabe eu realmente vá parar na Record, afinal de contas. Vai, bate na minha cara, eu deixo, bate até eu ser digno de ser chamado de gente de novo. Porque isso aqui que me restou não é nem de longe a pessoa que um dia eu fui. Agora o que resta é aceitar a derrota e torcer para que o mercado de órgãos esteja precisando de um rim mais ou menos bom e de um fígado medíocre; caso contrário, adeus Pepita. Adeus casamento. Adeus vida.

Acho que eu preciso de um ombro amigo, né? Pego o celular e ligo para a Mari, que atende bem sonolenta. Depois de eu ficar dez minutos chorando e falando ao mesmo tempo, ela diz:

– Migo, calma, não deu pra entender nada do que você disse.

– Ninguém nunca me entende mesmo, é um fardo que eu sempre tive que carregar...

– Ô Lucas, eu não tô te reconhecendo, não – Mari quase grita do outro lado. – Você costuma ser tão prafrentex, motivado, resolve tudo na hora, pá-pum... E agora tá aí se afogando em lágrimas, aceitando a morte?

– E o que mais eu poderia fazer, amiga? – digo, fungando o nariz.

– Sei lá... Pagar a dívida? Vender brigadeiro no farol, fazer uma vaquinha on-line, virar youtuber e ganhar dinheiro fazendo vídeo dentro de uma banheira de Nutella? – sugere.

– Você faz parecer tão fácil – falo, sentindo que uma dor de cabeça virá depois de tanto choro.

– É mais fácil vender brigadeiro do que lidar com o tamanho do inchaço que você vai pegar no olho logo, logo, se continuar assim – joga, na lata.

Ela tem razão. Minha vida pode estar uma merda, mas não ajudará em nada transparecer isso com dois olhos inchados, com cara de quem ficou pensando na morte da bezerra e com roupas velhas.

Assoo o nariz e limpo uma lágrima que cai na minha bochecha.

– Acho que você está certa, amiga. Quando eu me recompuser, vou lutar pela Pepita. Serei o herói dela. Essa dívida não será a minha kriptonita, eu vou me desafiar por ela. A Pepi merece! – Sinto uma onda de coragem começando a surgir em meu peito.

– Segura o tchan aí, Henry Cavill. Não dá pra virar o *Superman* assim, do nada. Mas pode crer que vamos sair dessa juntos. Lava esse rosto e se recomponha, lembra que sua mãe vem hoje e vai querer te ver bem, né?

Mamãe! Como pude me esquecer disso hoje?

– Eu te amo, Mari. Você é perfeita, sabia? Agora eu preciso ir me arrumar pra não ficar com essa cara toda inchada que eu tô agora. *Shantay, you stay* – cantarolo, lembrando do meu lema de RuPaul's que sempre dizíamos um pro outro.

– *Shantay, you stay*. Beijão, tchau – e desliga.

Agora é hora de tirar esse rímel borrado e passar um reboco bom o suficiente pra não parecer que um caminhão passou por cima de mim. Não quero que minha mãe pense que eu estou muito mal, desnutrido ou sei lá. Ela precisa ficar confortável aqui, mesmo que tudo esteja em ruínas. Mesmo que a minha família, que sempre veio em primeiro lugar, esteja desmoronando. Mas, por via das dúvidas, pego uns óculos de sol, para não levantar suspeitas.

    Enquanto espero o meu carro chegar, decido ver o que há de bom no antiquário hoje, já que ontem teve aquela promoção repentina. Bem destacado na vitrine, encontro um prato de porcelana com pequenos caranguejos pintados (provavelmente à mão) em tons de laranja e rosa. Isso me lembra de que minha mãe ama comer bolinhos de caranguejo na praia. (Veganos, me desculpem, tá? Pra compensar, ela não sai de casa sem a sua caneca de estimação, para evitar os copinhos plásticos.) Nossa, faz tanto tempo desde a última vez em que pisamos na areia e sentimos o mar debaixo dos nossos pés... Talvez eu devesse sugerir uma viagem em família, assim que esse loucura toda acabar e a Pepita estiver de volta! Isso com certeza iria acalmar os ânimos de todos, inclusive do Jeff.

    Talvez vocês estejam se perguntando como é a relação da minha mãe com ele, e eu posso te dizer que é engraçada, no mínimo, porque ela o trata como o filho fitness que ela nunca teve, já que o corpo do meu marido é atlético por natureza (esse safado tem tanquinho desde os doze anos!) e ele tá sempre fazendo jejum intermitente, treino funcional e não sei mais o quê. Mas nem sempre foi assim. Lembro-me de quando comecei a namorá-lo. Na febre da adolescência de usar aliança, chegava em casa e enfiava o anel de coco no bolso, por medo da reação dos meus pais se descobrissem do nosso rolo. Meu pai não reagiu muito bem quando abriu a porta do quarto e me viu beijando o Jeff, uns seis meses depois que começamos a ficar, mas minha mãe só conseguia chorar, sem dizer uma palavra. Não acho que os dois acreditavam de verdade que eu era hétero. (Por favor, né? Eu pedi pra ir fantasiado de Penélope Charmosa na festa fantasia do colégio quando tinha oito anos. Se isso não é ser viado, eu não sei o que é.). Mas a heteronormatividade existe, por isso sempre tem aquilo de suporem que você não é LGBTQIA+. Junto ao fator homofobia, claro.

Enfim, meus pais me proibiram de ver o Jeff, até o ponto de quase nos mudarmos de endereço só pra evitar que a gente se visse, já que éramos vizinhos, e eu meio que fugi de casa por uns dias, indo morar com a Bia, a dois quarteirões dali. Sim, eu sei. Foi chocante. Mas depois de um tempo, de alguma forma, as coisas se ajeitaram. Acho que eles perceberam que só iam me afastar e que eu realmente gostava do Jeff, porque, mesmo sem poder vê-lo, eu sempre mandava cartinhas pra ele, bombons e até meus fios de cabelo para ele ter de recordação. E ele ainda diz que não sou romântico. Aff.

Aliás, é o Jeff quem vai buscar minha mãe hoje à tarde na rodoviária, porque eu vou estar no trabalho, e por um milagre meu marido conseguiu sair mais cedo do dele. E, falando em trabalho, chegou o carro e vou indo pro trampo.

♋

Ai, vocês não vão acreditar em quem eu entrevistei hoje. Ok, não é exatamente quem eu entrevistei, mas o que essa pessoa passou. O nome dele é Fernando, um homem gay que foi expulso de casa pelos pais aos dezesseis anos e teve que ir morar com amigos até ter dinheiro o suficiente pra se manter. Hoje em dia, ele é casado e tem uma loja de roupas sem gênero no Rio de Janeiro, e diz que os pais voltaram a falar com ele recentemente. Ou seja, a história dele foi sofrida, mas vai ter um final feliz. Não me aguentei e chorei do começo ao fim da entrevista. Chegou uma hora em que eu só deixei ele falar, enquanto me engasgava em lágrimas. Justo hoje que te contei do meu passado, da homofobia que sofri. É demais pra mim.

Antes que eu possa perceber, vejo que virei meme, porque várias pessoas me mandam o vídeo em que estou chorando ao vivo, em várias versões: tem o remix versão funk com a batida do meu soluço e do som de assoar o nariz, tem a versão que toca "Someone Like You" da Adele ao fundo e eu fico em preto e branco, a outra que mostra a cena da morte do Mufasa e eu ao lado, chorando as pitangas. Hahaha, muito engraçado, uau. Tô até lacrimejando de tão hilário.

♋

Gente, não é possível. Tem que ter alguma coisa errada. Eu passei anos sem chorar, achei que nem tinha mais canais lacrimais e agora tô todo acabado, olhos inchados, maquiagem arruinada e me sentindo um cocô. O tanto que eu falei ontem e comi anteontem se converteu em choro. Será que esse rolo todo da Pepita me fez desenvolver compulsões bipolares? Tipo, meu corpo tá procurando escapes pra esquecer do rapto, e cada dia testando uma coisa diferente? Ah, não tem como ser, né? A Pepita foi raptada depois que eu passei o dia todo comendo. Que saco.

Na volta pra casa, toca a trilha sonora de *Os miseráveis* no carro, e eu novamente explodo em um choro compulsivo. Que dia.

Chegando ao apartamento, minha mãe e Jeff estão sentados no sofá, conversando. Quando ela se vira, começo a chorar (*que novidade*, eu sei) e corro para abraçá-la. Dona Rosa fica assustada com o gesto.

— Mãe, que saudades eu senti de você, cê não faz ideia — choramingo, dentro de seus braços, molhando sua camisa verde-água.

— Calma, filho, eu estou aqui e não vou embora tão cedo — responde, me apertando forte.

Jeff decide participar do abraço e se aconchega. Ficamos, os três, em silêncio, por um momento. Até que ela diz, se desvencilhando aos poucos:

— Esse apartamento de vocês é uma gracinha. Adorei.

Minha mãe ainda não tinha conhecido este apê, então fico feliz de ter a aprovação dela.

— Ain, você gostou? Gostou das paredes listradas ali da cozinha? — pergunto, ansioso.

— Eu amei, achei bem... divertido.

Sim, a palavra que a minha mãe usa quando quer dizer que algo é bem gay é *divertido*.

— Que bom que gostou, mami. Como foi de viagem?

— Bem, foi cansativa, mas tranquila, graças a Deus.

— Parece que alguém gostou de conhecer certos donos de antiquário, Lucas — Jeff joga no ar, apontando com a cabeça a minha mãe.

– É sério, mãe? Nossa, hein, a senhora ainda tá com tudo, né? – Dou uma boa olhada nela, que está a própria musa fitness.

Ela finge uma modéstia que eu sei que é falsa.

– Jeffinho, o que é isso?! Foi só uma conversa inofensiva. O senhor Aquino é realmente um homem muito educado e bonito e...

– Boniiiiito... – Eu e Jeff dizemos juntos. – Mal chegou em São Paulo e já tá arrumando um crush.

Minha mãe parece querer enfiar a mão na minha cara.

– Sim, Lucas, ele é bonito e com certeza vocês já repararam nisso. Sou viúva, mas não estou morta.

– Ele não faz meu tipo, mas se faz o seu... – Deixo no ar.

– Já falamos muito de mim, né? Me diz o que está acontecendo com você. Vi as caixinhas de lenço jogadas no lixo e você parece meio mal, filho.

Sabe quando você tá segurando as pontas, sendo forte, e aí alguém pergunta como você está e você desaba? Eu não.

Mentira, sei sim, e é isso o que acontece no momento em que ela termina de falar.

Eu abro a boca e conto tudo do meu dia, nos mínimos detalhes. Depois de alguns minutos, minha mãe me interrompe:

– Acho que você está com PQP crônica, meu filho. – E coloca a mão na minha barriga, levemente inchada.

– PQP? O que é isso? É muito grave? – Engulo em seco, temendo a morte logo tão próxima dos meus trinta anos.

Isso não pode estar acontecendo, não agora. Meu Deus. Seguro a mão de Jeff, apreensivo.

– É sim, muito grave. Se chama Peida Que Passa, e a medicação é chá e peidar esses gases todos que estão te deixando assim, louco – explica, e começa a rir com a cara de preocupado que eu estava fazendo.

É muito bom ser escutado pela nossa família, vocês não acham? Aff.

Mas apesar de a minha miserável saúde mental não ter sido levada a sério pela minha mãe, ela decide fazer a torta de morango que eu tanto amo e que não como há bastante tempo.

Enquanto ela prepara a massa, meu telefone toca. É Vênus. Antes que eu possa alcançar o aparelho, minha mãe pega o celular e atende. Eu só queria ter um minuto de paz, mas parece que não é possível, pois o que ela vê na tela passa longe de ser pacífico.

Pepita está amordaçada no colo de Pudim, enquanto Glória coloca a pior seleção de funk pesadão possível. O instinto da minha mãe é gritar, o do Jeff é tapar os ouvidos de Mingau e Gaga e o meu é pegar o celular, tudo isso em cinco segundos. Glória dança triunfante, o melhor quadradinho de oito que eu já vi, de costas para a câmera. Minha mãe talvez não esteja sabendo da minha vida com tanto detalhe assim para ter noção do nível de tratamento que a Pepi está recebendo. Antes de terminar a ligação (eu sei, podia ter argumentado, mas eu fiquei nervoso e não queria piorar a situação), eu digo, entre lágrimas:

– Vocês vão me pagar pelo que estão me fazendo passar. Eu não vou deixar barato.

Glória, por sua vez, retruca:

— Amore, quem tem que pagar aqui é você, e não é barato mesmo. — E dá de ombros. — Te vejo no próximo episódio de *Pague sua dívida ou sua gata morre*. Beijinhos. — E desliga.

Suspiro alto, sabendo, só de olhar para minha mãe, que lhe devo explicações. Graças a Deus, alguém bate na porta. Corro para atender, fugindo da situação.

— Mari! Amiga, que ótima surpresa! — Abraço forte a minha vizinha de porta.

— Oi! Eu vim porque escutei os gritos e fiquei preocupada. E também pela nossa conversa mais cedo. Olha só, Toni fez guacamole e eu comprei uns Doritos. Achei que uma noite mexicana iria cair bem.

Olho para trás dela e lá está Toni, com um pacotão de Doritos e um pote cheio de guacamole. Já olho para a tequila na cristaleira, planejando os shots de hoje.

— Ai, obrigado! Pode entrar. — Libero o caminho para que ela possa sair da porta. — E, oi, Toni! Eu amo as comidas que você faz. É sempre tão atencioso... — Dou um abraço apertado nele, que tenta retribuir ao máximo, com o tanto de coisa na mão que está segurando.

— Tranquilo, cara, estamos aqui pra isso — responde.

No momento seguinte, estamos cortando a torta de climão que havia se formado instantes antes, e fico feliz de ter minha família reunida ali. Fazemos alguns drink games — não é que minha mãe é boa nisso? — E eu acabo ficando bem borocoxô no fim da noite, sentindo a tristeza do álcool e do sumiço da Pepita.

Me levanto da mesa, trançando as pernas, e vou até ao armarinho ao lado da minha cama. Escolho fotos da Pepita, suas roupinhas favoritas, um pouco das bolas de pelo espalhadas pela casa e um petisco e coloco ali. Escrevo com a melhor letra possível (logo me arrependo porque é sempre Jeff que manja dessas coisas de decoração) o nome dela, seguido de um "volte logo pra casa". Coloco uma seleção de músicas da Mulher Pepita e fico ali, ajoelhado, chorando. Pego o celular e penso em espalhar em todas as redes sociais que ela sumiu e que a recompensa é de duzentos mil reais, mesmo que meu saldo seja um total de cinquenta pilas. Antes que eu faça qualquer bobagem, Toni chega; ele aparentemente estava indo ao banheiro, mas me viu ali e ficou preocupado.

— Ei, cara, tá tudo certo? — pergunta, com a mão no meu ombro.

Balanço a cabeça em resposta.

— Acho que só preciso ficar um pouco sozinho e...

— Esse cheiro é incenso? — interrompe, sentindo o cheiro adocicado no ar.

— Não, eu peidei — digo.

Meu amigo ri. Limpo uma lágrima no canto do olho.

— É sim, é de jasmim, o favorito da Pepi.

— Ah, claro. Volta pra mesa, tá todo mundo conversando de boa lá, vai te fazer bem.

Ele me oferece a mão, que eu aceito, para me levantar.

— Você é o meu Terry, sabia? — digo, olhando pra ele.

— Terry? — pergunta, curioso.

— É, o Terry de *Brooklyn Nine-Nine*. Talentoso, carinhoso e tá sempre me defendendo por aí. Espero poder ser o seu Boyle um dia — respondo, sonhador.

– Boyle não sei, mas meu boiola você já é. – Solta um risinho, que eu retribuo. – Vamos lá, venha ser chaveirinho do seu amigo hétero.

– Cher me livre! Eu, hein? – digo, me recompondo.

Toni está certo: a mesa está muito agradável, e eu chego bem na hora da sobremesa. Acredita que Mari fez mousse de maracujá? Eu amo tanto.

Talvez devêssemos ter chamado a Bia, não sei... Às vezes tenho a impressão de que vivemos excluindo ela das coisas. Mas quem mandou ela morar longe, né? A gente deu a escolha pra ela ser nossa vizinha, e eu me lembro nitidamente de que anos atrás ela disse, com todas as letras, que preferia morar no apartamento (lê-se: mansão) que o pai dela comprou pra ela, então que fique de fora mesmo.

Pouco tempo depois de todo mundo já ter comido, minha mãe pede licença e vai tomar banho. No momento em que escutamos o barulho do chuveiro, outro som completamente novo sai da porta do banheiro. O som da minha mãe cantando as músicas clássicas do Kid Abelha, só as românticas. Isso sim é novidade... Depois de anos amargurada pela morte do meu pai, ela se recompondo nesse nível! Realmente, a melhor coisa que fiz foi indicar aquele podcast feminista pra mãe. Olha só, ela tá toda feliz, toda empoderada! Coisa linda.

Bem quando começo a identificar qual a música que ela está cantando (a título de curiosidade, é "Pintura íntima"), o seu celular vibra e eu dou uma espiada: é um lembrete da agenda do celular, marcado para amanhã: "Ver C. A. na Dermatologia". C. A.? Que raios é C. A.?

Cutuco Mari, que está distraída no seu celular, e sussurro:

— O que diabos é C. A.?

Na maior naturalidade, ela responde:

— É a linguagem médica para falar de câncer em algum paciente. Mas também pode ser Centro Acadêmico de alguma faculdade, abreviação de Camila Cabello... Não, espera, aí seria CC. Deixa pra lá...

Câncer? A minha amiga disse CÂNCER?

Começo a hiperventilar. Meu Deus, como assim minha mãe tá com câncer? E se ela vai à dermatologista, deve ser... deve ser câncer de pele! Por isso que ela tá tão magra, é o tratamento da doença. E tão feliz, porque logo vai estar morta e não vai precisar se preocupar com mais nada, nem com o filho vergonhoso que ela tem.

Jeff olha pra mim com dúvida e pergunta em leitura labial se tá tudo bem, e escrevo no celular: "Mamãe com câncer de pele, não vamos irritar ela, por favor". Ele lê rapidamente e fica assustado.

Reunindo o que me resta ainda de coragem, me levanto e bato com os nós dos dedos na porta do banheiro.

— Manhê, você marcou uma consulta médica pra amanhã?

— Eu não. Por quê? — responde, em meio ao barulho da água caindo.

— Nada não, só pra saber.

Ok, então como que ela tá mentindo sobre a consulta com a dermatologista? Talvez não queira me preocupar, já que tenho tanta coisa pra lidar. Ela sempre fez tudo por mim...

Volto para os meus amigos e falo o mais baixo possível:

– Gente, de acordo com esse lembrete no celular da minha mãe, ela está com câncer de pele. Julgando pelos quilos perdidos e pela palidez dela, o tratamento já está perto do seu fim. Vamos orar e fazer o possível para que ela faça uma passagem tranquila para o Outro Mundo.

– Surtou, amado? – Mari corta a minha corrente de oração, em tom baixo. – Você tá enfiando uma doença na sua mãe só por causa de um alerta do celular?

– Bem, sim, mas faz sentido. Ela anda tão feliz ultimamente... – Tento explicar.

– É, porque ela tem estabilidade financeira, não mora com os filhos e pode andar pelada em casa se quiser – Mari retruca. – Não precisa fazer drama com isso, amigo. Ela tá bem, nem passou mal depois de comer. E comeu até que bastante do pacote de Doritos, viu. Se ela estivesse mal mesmo, já teria vomitado tudo assim que passasse pela...

– Chega, vocês estão me deixando enojados – Toni se pronuncia. – Vamos orar, sim, por ela, pra deixar nosso amigão aqui mais tranquilo, não é, amor? – Cutuca a namorada, que vira os olhos.

– Tá bom, tá bom, que seja. Mas as probabilidades de isso ser real são bem baixas, viu?

– Eu concordo com ela, Lucas. – Pronto, agora meu marido decide falar. – Não vamos morrer antes de levar o tiro.

Tarde demais, excelentíssimo esposo, pois não só já levei o tiro como já fui ao meu próprio funeral cujo enterro você pagou, e ainda colocou uma coroa de flores horrível em cima do meu falecido corpo. Tá feliz agora, meu bem?

Cansado de argumentar, só concordo e vou pro meu quarto me deitar na cama, ao lado do altar para a Pepita. Decido ligar para a Bia, contar tudo o que aconteceu e cancelar a festa, já que não haverá clima para uma comemoração.

— *Nana-nina-não*. Você não pode cancelar a festa agora, a uma semana do evento — Bia responde. — Você precisa continuar com o aniversário, sua mãe merece uma boa festança antes de partir desta para melhor.

Ela tem um bom ponto. Concordo imediatamente, e continuamos com a festa. Desligo pouco depois, percebo que ainda estou com fome e vou até a geladeira. Me esqueci completamente da torta de morango. Achei que minha mãe nem tinha terminado.

Pego um pedaço grande e volto para o meu esconderijo. Nossa, parando pra pensar, isso tudo me lembra daquele aniversário de dez anos, em que eu e Jeff comemos torta de morango no terraço daquela fábrica perto de onde morávamos. Pego o celular e procuro Balas Afrodite no Google, e vejo que a fábrica fechou há uns três anos, justo esse local que foi tão importante pra minha história. Foi nesse dia, vinte anos atrás, que eu comecei a pensar que talvez gostasse de meninos, já que senti um frio na barriga gigantesco quando Jeff pegou na minha mão... e quando uma amiga fez a mesma coisa comigo na semana seguinte eu só consegui sentir ânsia, pensando: *Eca, garotas!*

Como a torta chorando, pensando que tudo que eu amo está sendo tirado de mim como se tira doce de criança. Quando foi que a minha vida ficou pior que a última temporada de *Game of Thrones*?

Visto a camisa que Jefferson me deu no nosso primeiro Dia dos Namorados, e ela fica toda apertada, mas eu não ligo. Durmo chorando enquanto escuto o álbum completo da Marília Mendonça. *Iêêê, infiel...*

5. LEÃO
E teve boatos de que eu estava na pior!

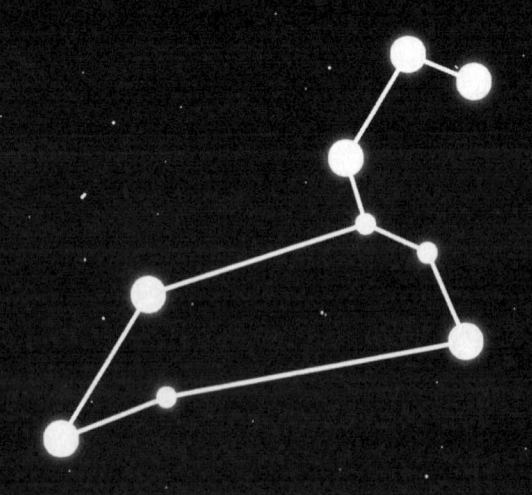

Poucas coisas na vida são piores do que acordar numa sexta-feira com a cara toda inchada, parecendo que teve uma reação alérgica, caxumba e, de quebra, que foi atacado por abelhas. Tudo ao mesmo tempo. Não acredito que vou ter que me endividar DE NOVO pra fazer uma drenagem linfática decente nessa cútis aqui. Vou pelo menos fazer uma esfoliação com os produtinhos que ganhei da Sallve, né, meninas? Vem comigo. Movimentos circulares, isso.

 Depois de um banho rápido de quarenta minutinhos (isso é rápido, sim, considerando que eu já dormi no banho, gastando mais ou menos uma hora, quando morava com meus pais. Hoje em dia, eu costumo demorar menos pra economizar água, né? Deixar um pouco pro agronegócio torrar), passo a mão no espelho embaçado e me observo. É impressão minha ou estes cabelos tão pedindo um novo visual? Mas, uau, não é que eu tô um pitelzinho hoje? Jeff que é sortudo de ter este pedacinho de mau caminho só pra ele.

 – Eita, o que aconteceu com o seu rosto? – Jeff pergunta quando saio do banheiro, colocando a mão na minha bochecha. – Até seu cheiro está melhor, meio amadeirado, sei lá.

 Ai, *que é isso*? Para, assim fico sem graça.

 – Não sei, nego, acho que os humilhados são exaltados de vez em quando, né?

 Era o mínimo depois de agir como um bebê chorão ontem.

 – Você está absolutamente certo – meu marido diz, imitando a voz do Buzz Lightyear. – Tão exaltado que o seu vídeo chorando já chegou em três milhões de visualizações. Olha só – diz, e me mostra o vídeo, que tem cinquenta mil curtidas e vinte *dislikes*. Mas o que são vinte pessoas ruins para três milhões de brasileiros que me amam?

— Isso parece um sonho de princesa, Netinho. — Até sequei uma lágrima imaginária aqui, gente. — Quer dizer que já posso pedir música no *Fantástico*?

Jeff me dá um sorriso perfeito, a covinha bem marcada na bochecha, a pele ainda mais bronzeada pelo sol.

— Deve poder. Sabe, eu acho que gosto mais de você hoje. Me parece mais animado.

— Claro que estou mais animado, eu acordei maravilhoso. — Dou uma piscada para ele.

Jeff vai até a cozinha e volta com uma xícara de café e um punhado de pão de queijo.

— Acordei mais cedo para ir pra padaria comprar isso. Achei que fosse animar sua mãe, ou pelo menos não piorar a "situação" dela — comenta, fazendo aspas com os dedos.

Justo quando ele termina de falar, minha mãe surge, cantando "O leãozinho", do Caetano Veloso. Pra quem tá morrendo, até que ela tá segurando bem as pontas, né?

— *Para desentristecer, leãozinho/ O meu coração tão só/ Basta eu encontrar você no caminho* — cantarola, chegando até a mim para me dar um abraço gostoso. — Acordou melhor, meu filho? Já parece mais coradinho hoje.

Ela é tão forte, aguentando tudo e ainda se preocupando comigo...

— Acordei sim, mãe — digo, beijando o topo da sua cabeça. — Tô pensando em marcar uns procedimentos estéticos pra hoje, acho que vai me ajudar a recuperar o astral. Quer ir junto? Eu pago. Posso te levar no cabeleireiro para fazer uma hidratação.

Ela tem que cuidar das madeixas enquanto ainda as têm, né?

Jeff me olha como quem quer me matar. Sem dizer nada, eu leio seus olhos e eles dizem: "Paga com o quê, querido? Carisma?".

Para a felicidade do meu marido, ela responde:

– Não, não precisa, Lucas. – Joga as mãos, como se não fosse nada. – Cabelos loiros não hidratam nem com reza brava. E eu já tenho um compromisso hoje, de qualquer forma. – Balança os ombros e, antes que possa perguntar, engata: – *Awn*, Jeffinho, você comprou pão de queijo? E aquilo ali é doce de leite? Como você sabia que eu amo comidinhas mineiras no café da manhã?

Jeff dá um sorriso tímido, sabendo que acertou na mosca.

– Seus pais são mineiros, então suspeitei de que gostasse de tudo isso, mesmo que não seja exatamente saudável – ele diz isso com muito cuidado, porque sabe o quanto ela se preocupa com a alimentação.

– Que é isso, querido? De vez em quando comer uma porcaria não faz nem cócegas. – E passa uma colher de doce de leite no pão de queijo.

Depois que a vi comendo pipoca dentro do pão, eu não fico surpreso com mais nada.

– Bom, vou marcar com a Mari então – resmungo, e pego um pão de queijo.

Gente, como que o Jeff sempre conhece as melhores padarias daqui? É impressionante.

– Filho, podemos conversar sobre o que aconteceu com a Pepita ontem? – pergunta dona Rosa, levando a xícara de café à boca.

Suspiro, sabendo que não tem como fugir mais. Conto tudo que aconteceu na esperança de que pareça mais real, porém ainda parece um pesadelo distante.

– Oh, isso é terrível! – Essa é a reação da minha mãe, com um preocupação visível no rosto. – Não tem nada que possamos fazer?

Mais rápido do que um raio, Jeff responde:

– Pagar a dívida.

– Mas temos dinheiro pra isso? – mamãe pergunta.

– Não, mas teremos, logo, logo – digo, triunfante, tendo uma ideia.

– O que isso quer dizer? – indaga Jeff.

– Vocês logo saberão. Mas agora terminem o café de vocês com calma, porque eu preciso ir me arrumar pro trabalho.

Eu me levanto e vou pro quarto, preparado para sair mais básica que a Lady Gaga na era *Artpop*.

Depois de pronto, arrasando, e antes de sair, dou um chamego em Mingau e Gaga, meus tesourinhos.

Enquanto espero meu carro chegar, dou uma passada no estúdio de tatuagem para convidar meus amigos para o rolê mais tarde, e reparo na vitrine do antiquário, em que um pequeno leão de metal com escrituras japonesas na base do corpo dele ocupa o lugar central. Mano, esse senhor Aquino muda todo santo dia essa vitrine, tá virando a Renner já. Uau, quem é esse gatinho me encarando no reflexo do vidro? Ah, é, sou eu. Coloco uma mecha do cabelo no lugar, repasso o *lip tint* e vou até o estúdio, marcando o shopping pra depois do trampo.

Meu motorista chega bem na hora em que piso fora do hall, e conversamos o caminho todo. Ele me reconhece do vídeo que viralizou e até pede uma foto comigo. Geralmente acho meio chato isso, mas hoje não. Hoje eu vou falir a Bauducco de tanto biscoito que vou ganhar, viu?

No trabalho, logo Edu corre para falar comigo, os cachos balançando conforme ele vem até mim, os óculos subindo e descendo no rosto.

–Lucas, Lucas, Lucas! Você não acredita no que...

–Não me diga que você conseguiu rastrear o vídeo, achou o endereço e... – respondo, todo animado.

– Não, não é sobre isso – ele me corta. – Isso vai demorar um pouco ainda, calma lá.

Aff, ele tinha mesmo que jogar a minha moral no lixo?

– Você não sabe quem você vai entrevistar hoje!

– Não sei mesmo. Quem é?

– A Iza! – Edu está praticamente explodindo de felicidade.

– Espera, a Iza... Iza mesmo? Do hit "Pesadão" e tudo? – pergunto, sem conseguir conter meu entusiasmo.

– Essa mesma! – Ele aplaude e aponta os indicadores pra mim. – Ela confirmou em cima da hora, não pôde recusar depois que viu seu vídeo chorando.

– Sério? Não acredito! – comento, mesmo que acreditasse, sim. – Preciso de um look daqueles pra hoje, então. Cadê a figurinista?

Edu aponta para a Carla, a figurinista, e eu desfilo até ela. Não aceito nada menos do que um look estilo Met Gala pra hoje. Por que choras, Jared Leto?

♌

– Bom dia, lindos e lindas do meu Brasil. Eu sou Lucas D'Angelo e estamos ao vivo em mais um *Dazonze*. E hoje iremos receber ela, a única, a maravilhosa... Iza! – anuncio, fazendo todos explodirem em aplausos. Uma mulher glamurosa, alta, negra e com um vestido vermelho impecável entra no cenário. Os músicos começam a tocar "Pesadão", e eu danço no ritmo da música. Papo vai, papo vem, e eu pergunto pra ela:
– Então, Iza, como é pra você ser uma mulher negra que faz sucesso, fala da sua realidade e ainda por cima é linda?
Iza dá uma risadinha e percebo como ela é a cara da Princesa Tiana, de *A princesa e o sapo*.
– É uma conquista, sem dúvidas, poder ocupar esses lugares, dar essa representatividade que a gente tava precisando pro mundo da música, né? Ainda mais no cenário brasileiro, depois de tanta repressão, racismo, machismo e tudo mais. Eu me sinto muito abençoada, Lucas, de verdade, de poder estar aqui onde eu estou. Sei que é um privilégio muito grande que eu lutei pra conseguir – responde, plena.
Eu tenho certeza de que ela nunca passa frio, porque tá sempre coberta de razão.
– Ai, que lindo, né? Realmente, é muito importante que a gente seja esse porta-voz de mudanças, de novos ícones, de ocupar esse lugares que antes LGBTs, negros, mulheres

jamais sonhariam em ocupar, né? E como você lida com quem não aceita isso, com os famosos haters, digamos assim? – indago, cruzando as pernas e colocando a mão no queixo, prestando atenção.

– Ah, eles que lutem, né? – arremata, fazendo a plateia rir.
– A gente tem que lidar da melhor maneira possível, sabendo que, felizmente, eles são uma minoria, mas são barulhentos, então sempre parecem maiores do que realmente são. O racismo ainda é uma realidade, né? Ainda temos que lidar com isso diariamente, dar a cara a tapa, mas eu tenho uma visão bem otimista sobre isso. Acho que estamos caminhando pouco a pouco para um cenário mais igualitário, mais inclusivo.

Ai, gente, o sotaque carioca dela é a coisa mais gostosa do mundo. Eu poderia passar o dia todo escutando ela falar, sério, e ela é tão intelectual. Sabia que ela passou na PUC do Rio com 100% de bolsa pelo Enem? É bom demais conversar com alguém no mesmo nível que eu, sabe?!

– Com certeza, Iza, vejo que a gente tem conseguido quebrar alguns tabus que antes eram impossíveis de serem discutidos, né? Me diz uma coisa, algum hater já aprontou alguma coisa pra você, já fez alguma brincadeira de mau gosto?

Dependendo da resposta dela, eu tenho uma pista muito quente de onde pode estar a Pepitinha.

Iza inclina a cabeça pro lado, balançando o rabo de cavalo todo cacheado, pensativa. Mas diz:

– Sim, já me fizeram uma pegadinha um tempo atrás. Raptaram minha tartaruga uma vez, bem no começo da carreira. Foi bem humilhante, ela era meu xodó, mas logo a polícia a encontrou num parque ali perto, com um bilhete cheio de ameaças colado no casco dela... Foi bem triste.

A plateia faz "aaaaah!" em sinal de empatia.

Era disso que eu precisava, gente! Era a peça que falta no quebra-cabeça.

O resto da entrevista corre bem, enquanto preparo meu plano maléfico. No fim (sério, gente, dá vontade de gritar só de lembrar!) eu e Iza cantamos juntos, nos abraçamos e tivemos um momento lindo demais. Deve ser difícil nos odiar, porque a vida, aparentemente, nos ama.

Antes de sair do trabalho, vejo que Vênus mandou mensagem: era uma foto da Pepita toda suja, magra que dói. Ligo imediatamente para ele, mas é Pudim quem atende.

– Escuta aqui, ô queridinho, você pensa que é quem na fila do pão? – pergunto, irritado. – Você só é mais um homem hétero que se acha a última Coca do deserto, e deixa eu te contar: você não é tudo isso, não. E se continuar tratando minha gatinha assim, vocês vão se ver comigo, mesmo depois de pagar a maldita dívida. Esteja avisado. – E desligo.

É tão mais fácil de intimidar quando a Glória não está por perto! Espero que ela esteja brigando com ele agora mesmo, isso me deixaria muito feliz.

♌

De volta aos meus planos, eu me lembro de algo que pensei no café da manhã, quando meu marido se lembra pela milésima vez da tal dívida. Vocês se recordam de quando teve aquele incêndio enorme na Austrália, e uma mulher vendeu nudes no Twitter e conseguiu arrecadar mais de cento e setenta mil dólares para ajudar no combate ao incêndio? Pois então, é hoje que o meu corpo vai me render uma grana boa, e isso sem precisar transar com gente feia.

Vou pro banheiro do estúdio, tiro as fotos na melhor luz e posição possíveis e anuncio nas redes certas. Quem disse que ser lindo não resolve todos os seus problemas?

Bom, meninas, feito isso, é hora de cuidar de mim e gastar um dinheirinho, já que os nudes vão me dar uma boa fonte de renda. Encontro Mari (Toni não quis ir, preferiu ficar em casa vendo *Brooklyn Nine-Nine* depois que o chamei de Terry) e vamos ao cabeleireiro do primeiro andar, aquele em que só toca Madonna e Destiny's Child.

– Eu quero que você me transforme na gostosa que eu sei que habita dentro de mim – afirmo pro cabeleireiro, que me observa com os óculos encostados na ponta do nariz.

– Nem precisa pedir duas vezes, querido. Vamos com tuuudo!

Depois do que parecem ser algumas horas, já que deu tempo de Mari me contar tudo que aconteceu nas três novelas atuais da Globo, ele vira a cadeira e eu encaro o meu novo visual. Levo um susto.

– Eu... tô... platinado? – Coloco a mão nos cabelos, alisando ele.

– A Xuxa vai ter que se esforçar muito pra não ser confundida com você – Mari comenta, entre risadas.

Olho bravo pra ela.

– Bem, senhor, podemos pintar de outro tom, se não gostou deste... – O profissional tenta se justificar.

– Quê? Claro que não, eu amei! – Observo meu reflexo, embasbacado. – Olha isso, até disfarçou o meu pé de galinha, gente!

– Faltou só o Louro José pra dar aquele toque final – opina Mari.

– E você só faltou parar de ser invejosa, porque eu tô maravilhoso. Moço, agora faz a melhor hidratação que você conseguir, viu? Não quero ficar com cabelo de palha seca.

Depois desse cuidado todo, já saindo do edifício, encontro quem? Dandara – desculpa, Bethânia – tomando sorvete perto do estacionamento.

– O que a senhora tá fazendo aqui? – pergunto.

– O que parece que eu tô fazendo? Tomando sorvete, oras – responde, sem olhar pra mim.

Mari me olha de canto de olho, dizendo com os olhos: "Ela é maluca!".

– Sim, isso eu estou vendo. Mas parece que você tá me perseguindo. Aonde eu vou, você também está.

– Ah, menininho burro... – Dá um tapinha na minha bochecha. – Eu não sou a pista que você procura, não do jeito que você pensa. Procure as respostas dentro de você e tenho certeza de que encontrará o que precisa. – E saiu, andando.

Essa astróloga é completamente pirada, cara.

Então, talvez meu pensamento estivesse correto. E se... Bom, vou esperar chegar em casa para fazer isso com calma. E é bom que Jeff me ajude.

♌

Quando chego no apê, não perco tempo em avisar Jeff das minhas suspeitas, de que o responsável pelo rapto da Pepi é um dos meus ex-namorados, o que é totalmente possível, visto que todos eram surtados e duraram bem pouco. Jeff sugere colocarmos na lista também os apresentadores que me odeiam e os ex dele, que provavelmente me detestam também. Se nem Jesus agradou todo mundo, por que eu vou, né?

Caso vocês estejam confusos com essa coisa de ex-namorados, não, eu e Jeff não vivemos um romance desde nossos dez anos. A gente se gostava, mas não queríamos estragar a amizade, então tivemos vários namorados até assumirmos o que sentíamos um pelo outro. Me arrependo de não ter entendido que amava o Jeff logo de cara, quando éramos apenas crianças, e ele acenou da casa dele. Isso teria evitado muito trauma emocional que eu tive por me relacionar com caras babacas e que não chegavam aos pés do meu marido.

Respiro fundo ao olhar a lista e saber que terei que encarar cada um deles novamente.

Chamamos Toni para nos ajudar a procurar o endereço de todos eles no Google e pegamos um mapa de São Paulo que tínhamos guardado, nos qual começamos a riscar e marcar com alfinetes de plástico as localizações. Eliminamos todos que moram em bairros mais simples ou que pareçam não ter grana pra ser agiota. E não é que Toni é bom mesmo nisso de investigação? Um dia desses vou levá-lo ao meu programa, sério.

Sobraram cinco nomes, e meu amigo ofereceu o carro dele para nós três irmos em busca dos suspeitos, como o time do *Scooby-Doo*.

Vamos à casa de um diretor de TV e cinema que eu ODEIO, e, quando estacionamos, há um gato miando dentro da mansão dele. Já tremo achando que é a Pepita, e meu sangue ferve.

Sabem por que eu tenho tanto ranço dele? É simples: eu fui fazer a audição para um programa que ele ia dirigir e, vejam só, modéstia à parte, eu era o apresentador mais bonito que estava ali. Como eu me saí superbem no teste, tinha certeza de que ia passar. Mas não, ele preferiu colocar um cara que era dez vezes mais feio e que tinha uma dicção péssima. Desde então, nunca mais nos falamos, e eu jurei pra mim mesmo que nunca mais iria trocar uma palavra com esse desgraçado. É isso.

Olhando pela janela dele vemos uma moça contando dinheiro. Muito dinheiro. E colocando numa maleta. É isso, ela é mais uma capanga do Vênus, ou devo dizer... Alberto Buarque?

– Pepita! – digo, correndo para apertar a campainha.

Um homem de meia-idade, gordo, com uma barba espessa e grisalha atende minutos depois, com uma roupa que julgo ser quente demais para o clima. Alberto.

– Pois não, senhor D'Angelo? – fala.

– Alberto, seu canalha, me devolve a minha gata! Anda, cadê ela? – respondo, irritado.

Uma coisa felpuda e alaranjada aparece aos seus pés, e mia. Droga, o gato tá mais pro Garfield do que pra minha Pepita.

– Não estou com ela, e a sua cara de espanto é para mim um banquete delicioso.

– Mas você é agiota, não é? Eu vi a maleta ali da janela, e isso aqui é uma mansão! Você tá metido com droga, Alberto? Cinema não dá tanta grana assim, não.

Ele vê graça na minha fala.

– Hahaha. Não sou, Lucas. E isso é dinheiro cinematográfico. Falso, mas nada ilegal. Quanto à minha casa, eu herdei do meu pai, só tive que reformar. Mas, se você precisa de dinheiro, eu posso te descolar um papel no meu próximo filme, se isso acaba com esse ranço entre nós.

– Não preciso, vou ganhar muito dinheiro vendendo fotos do meu... – Vejo que há uma criança, talvez um neto, que veio correndo atrás dele, e não termino a frase como planejava – ...álbum raro da Beyoncé ao vivo no Rio de Janeiro dez anos atrás. Mas podemos ficar quites, eu te devo uma e você me deve uma? Você sabe, até hoje passo vergonha depois do incidente com o molho de tomate naquela série que gravamos juntos.

– Tem razão, com certeza foi um marco pra nós, porém muito mais pra sua camisa social branca – brinca. E diz, antes de se despedir: – No que precisar, pode me chamar. E boa sorte vendendo fotos do seu... álbum. – Dá uma piscadinha, fechando a porta.

– Bah, parece que não foi desta vez – Jeff comenta, suspirando.

– E que história é essa de vender fotos do seu...? – Toni pergunta.

– Não era pro meu marido estar perguntando isso? Ah, é bobeira, tô só vendendo uns nudes pra arrecadar dinheiro pra pagar a dívida. Podemos voltar pro que importa e visitar o próximo suspeito?

E assim fomos, porém sem sucesso, porque a pessoa não estava em casa. Teríamos que tentar de novo outro dia. Acho que esse caminho não está ajudando muito, não. Melhor mudar a estratégia.

Voltamos pra casa, mas no trajeto decido parar em uma loja de lingerie e fazer um agradinho para minha mãe, porque acho que ela está precisando, depois de passar por tanto.

– Uma calcinha de renda e um sutiã de oncinha, Lucas? – Ela abre, chocada, a sacola que trouxe pra ela.

– Claro, mãe, a senhora pode ficar linda pra si mesma, sem precisar de nenhum macho – digo, confiante.

– Ou pode ficar bonita pra outro macho também, se quiser – pigarreia Jeff.

Mas é um puxa-saco mesmo, meu Deus.

– Meu genro está certíssimo – concorda, colocando a roupa íntima na frente da roupa, se olhando no espelho. – Essa leoa aqui está pronta para a caçada.

– O quê? – eu, Toni e Jeff dizemos juntos, em uníssono.

– Brincadeirinha, rapazes. Vocês levam tudo tão a sério – minha mãe resmunga, guardando a lingerie. – Obrigada pela lembrança, meu filho. Vou colocar pra lavar e usarei quando der vontade, pode ser?

– Vontade de usar, né, mãe? E não de impressionar outro homem, certo? – Tento desconversar.

Jeff me dá um peteleco.

– Deixa sua mãe em paz, amor. Ela só quer se divertir um pouco.

– É só uma calcinha e um sutiã. Relaxa, nada que um cara não tenha visto antes – Toni argumenta.

– Quer saber? Vamos esquecer isso. Toni, vamos pro estúdio agora que eu quero fazer uma tatuagem no braço – digo e o empurro para a porta, para sair logo dessa situação.

Eu faço uma tatuagem minimalista da Pepita, toda bonitinha. Posto foto dela no Insta e marco todos os suspeitos, mostrando pra eles que tô de olhos bem abertos, mas nenhum deles responde. Aff.

Vou para casa, enfim, e aproveito mamãe e Jeff um pouco antes de dormir. Se eu quero acordar bem linda amanhã, precisarei de um sono de ao menos dez horas, senão minha cútis não vai me perdoar pela choradeira de ontem. E vocês também não, eu imagino. Mas eu tenho fé de que amanhã vai ser melhor, eu juro. Porque é o que eu mereço.

6. VIRGEM
Será que *Clube da luta* é real mesmo?

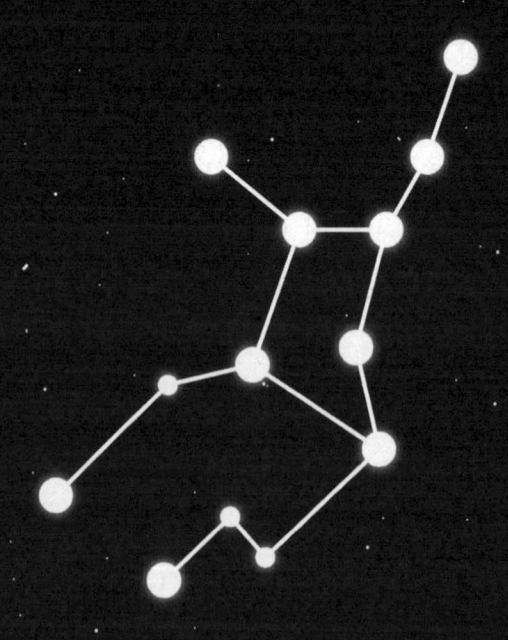

Não surta. Não surta. Não su... ISSO AQUI É MIGALHA DE PÃO NO LENÇOL NOVINHO QUE COMPREI SEMANA PASSADA? Meu Deus, que nojo! E se uma formiga tivesse me picado durante a noite? Eu tenho alergia! Bom, não exatamente a todo tipo de formiga, apenas a uma espécie que só tem na África do Sul, mas vocês sabem que elas fazem de tudo – inclusive andar até aqui, no meu quarto, em São Paulo – para se deliciar com migalhas de pão, ainda mais daquela padaria em que o Jeff tem comprado ultimamente. E onde foi que eu deixei os meus óculos de grau? Vou precisar deles para examinar o lençol e tirar todos os vestígios de comida.

Cara, este armário está uma bagunça: não acho meus óculos nem a pau. Não tenho alternativa, a não ser pôr tudo em ordem.

– Meu Deus, Lucas, o que deu em você?

Um Jeff sonolento surge na porta do quarto, bem na hora em que termino de organizar as camisetas por cor, em pilhas menores que estão em cima da cama.

– Por que a pergunta? Eu pareço doente? Será que a tatuagem deu reação alérgica? Porque acho que estou um pouco inchado aqui no braço... – pergunto, desesperado, vendo que a tatuagem está avermelhada e doendo, com pontinhos vermelhos.

Jeff balança a cabeça e os cachos acompanham o movimento.

– Não é nada, esquece. Pelo jeito ainda estamos na fase esquisita. Só tenta segurar a barra perto da sua mãe, ok?

– O que isso quer dizer? – digo, arrumando os óculos no rosto.

— Amor, a última vez que você arrumou a sua cama foi quando colocamos o outro apartamento pra alugar e tínhamos que tirar foto de tudo nos trinques — relembra, com uma sobrancelha levantada. — Antes disso, só quando eu fui dormir no seu quarto pela primeira vez. De resto, você simplesmente não arruma.

Ok, ele tem um ponto. Mas eu tô, sei lá, melhorando, sabe? Tentando criar novos hábitos, ser alguém melhor, ser a minha melhor versão... Ou ao menos foi isso que eu li no panfleto que um coach me entregou semana passada.

— Eu sei, nego — assumo. — Mas, olha só, receber um pouquinho de apoio por tentar lidar com esse problema seria bom, também. — Balanço os ombros, como se não fosse nada.

Meu marido dá uma bufada, limpa a garganta e diz:

— Bela arrumação, Luke.

Ai, faz tanto tempo que ele não me chama de Luke. Preciso mesmo dizer que ele imitou a voz do Darth Vader quando disse isso?

— Cuidado para não virar belo, recatado e do lar. — E sai.

Rá! Não tem que se preocupar com isso de ser do lar, meu amor, pois eu preciso URGENTEMENTE sair daqui e procurar ajuda pra essa crise de personalidade louca que tô tendo. Você sabe, pela minha mãe. Ela merece ter uma passagem tranquila, sem um filho desmiolado que cada dia acorda com uma personalidade diferente.

Deve ter algo no Google que me dê uma luz.

Depois que termino de arrumar o armário, limpo a cama, coloco as roupas pra lavar, varro o quarto e passo um paninho com produtos anti-insetos, pego o notebook e pesquiso:

personalidade dupla, esquizofrenia, possessão, borderline... falta mais uma coisa, como é que chamam mesmo? É capeta astrológico? Não, não é isso... inferno astral! Isso, agora sim. Jogo cada uma dessas palavras e fico analisando os resultados.

E vocês não vão acreditar quem apareceu na pesquisa de inferno astral: a Maria Bethânia! Quer dizer, a Dandara, né? Ela parece uma assombração, vive surgindo onde não é chamada. Será que eu fui ela na outra vida, e agora tô vendo coisas? Ai, Jesus, vou dar play no vídeo dela só por segurança.

Uma Dandara maquiada surge na tela, com uma camisa bem estampada e várias velas em volta dela.

— Então, minhas estrelinhas, hoje vamos falar do inferno astral quando se é do signo de Virgem. Vasos quebram, tudo sai do seu amado controle e a faxineira perde o ônibus e não consegue chegar a tempo para arrumar a casa.

Paro e fecho o vídeo. Já estava me dando gatilhos, de verdade. Que tipo de vídeo horroroso é esse? Meu Deus, meu coração tá muito acelerado, acho que tô com taquicardia, ou tô tendo um AVC! Fico desesperado e ligo para a única pessoa que pode me ajudar agora:

— Mari do céu, me ajuda — digo, assim que ela atende o celular.

Eu poderia ir até o estúdio para falar com ela, mas não sei se estou apto para isso.

— O que foi, Narciso? Morreu de tanto olhar o próprio reflexo? — fala, irônica, lembrando de ontem.

— Amiga, a coisa é séria. Eu preciso de uma indicação de psiquiatra ou de um exorcista, o que você tiver de contato eu aceito.

– Quê? – ela grita. – É, um profissional analisando essa sua mente do mal não seria ruim. Vou te mandar o de uma amiga minha, mas não garanto nada, porque ela tem a agenda bem cheia, ok?

Quase que imediatamente, pego o número que ela passou e dou uma ligada lá, tudo pra descobrir o que a Mari já tinha me avisado: "Sem horários livres por hoje, senhor". Droga. Mando mensagem para a Bia, minha última esperança, porque sei que é furada pegar número de psiquiatra no Google. Vai que o cara é mais doido do que você, né? Pode acontecer... Ela, então, me passa o contato de uma amiga, a Maria Eduarda, que provavelmente deve ter horário, pois é recém-formada na área.

Dito e feito: aproveito que hoje não tem trabalho, marco uma sessão pra daqui a duas horas, mesmo em pleno sábado, dando tempo pra eu criar minhas paranoias e limpar a pia do banheiro, que está um nojo desde a semana passada.

♍

Enquanto meu carro não chega (preferi de novo pedir um no aplicativo a ir de metrô, porque vai que eu passo ou pego algo contagioso, né?), dou uma olhada no antiquário do senhor Aquino e vejo um quadro gigante da Virgem Maria, lindo de morrer, e mando uma foto dele para a minha mãe, pois sei como ela é devota a Nossa Senhora. Para minha surpresa, no momento em que abaixo o celular, o senhor Aquino aparece na porta, com os braços cruzados. Ele sempre tem essa cara de bravo, mas o coração é uma manteiga derretida.

— Você tá bem, meu filho? — me pergunta, porque estou com uma máscara higiênica no rosto, luvas descartáveis nas mãos e passando um álcool em gel na tela do celular.

— Ah, estou sim. — Minha voz sai abafada pela máscara. — Só, você sabe, precaução.

— Antes prevenir do que remediar, né? Mas, se precisar, eu tenho o remédio certo pra você. Espera um segundo.

Ele se vira e procura algo dentro da loja. Volta com uma frasco pequeno com um líquido verde-musgo.

— Três gotinhas antes de dormir e você vai acordar novinho em folha, uma nova pessoa — diz, e me entrega o remédio.

Que bom, como se eu precisasse acordar de novo sendo outra pessoa. Valeu, cara.

Antes que eu pudesse responder, o motorista me mandou mensagem avisando que o meu carro tinha chegado, então dei um tchau rápido e fui correndo pro veículo, passando álcool em gel na maçaneta, claro.

Quando me sentei, vi que Glória havia mandado uma foto da Pepitinha toda suja, imunda e magrinha. Como eu sabia que era Glória? Bem, entre ela, Vênus e Pudim, só ela digitaria: "Até tem um tratamento melhor no porão da Beyoncé do que a sua gata tem aqui comigo". Quase vomito ao ver a situação miserável em que a gatinha está. Queria poder levar meu kit de limpeza para gatos e dar um banho nela, alimentá-la com comidas saudáveis e escovar seu pelo. Mas não posso fazer nada disso, não tenho controle de nada. Que saco!

♍

A conversa com a psiquiatra vai muito bem, obrigado. Acontece que a Maria Eduarda é bem calma, bem zen, e me escutou do início ao fim. Ela tem cabelos pretos cortados na altura das orelhas e óculos que definitivamente contribuem para que ela seja a cara da Edna Moda, de Os incríveis. Ela me pergunta mais do agiota, pois vê que essa maldita dívida tem tirado a minha paz, e me recordo do panfleto que achei em casa, na gaveta, anos atrás. Madu, como eu passei a chamá--la no fim da consulta, me direciona a concentrar a minha energia em pagar a dívida e recuperar a gata, me assegurando de que eu preciso estar bem para poder cuidar da minha mãe e manter uma relação saudável com o meu marido. É claro que isso tudo é óbvio, mas ela ao menos me assegurou de que não tenho nenhum problema mental, embora deva me atentar ao transtorno obsessivo-compulsivo, pois fiquei arrumando o vaso no centro da mesinha umas cinco vezes a cada cinco minutos (foi o que ela disse; pra mim, eu só fiquei arrumando porque ele estava sempre torto). Bom, além disso, ela me orientou a anotar tudo o que aconteceu desde o primeiro dia em que acordei esquisito (Jeff vai dizer que foi quando fiz um jantar romântico pra ele, e eu terei que concordar). Ufa, pelo menos eu não tô doente, louco nem nada do tipo. Que alívio, meninas.

– Madu, você é incrível, é perfeita em tudo que faz – afirmo, me levantando do divã.

Ela sorri com gentileza, e quando balança a cabeça eu vejo um pequeno pingente no seu pescoço, bem bonito.

— Uau, que colar bonito. Esse M e esse E são as iniciais do seu nome, né?

— Não são letras, Lucas — diz, pegando o pingente na mão. — Este é o símbolo do signo de Virgem, que é o meu, no caso.

— Nossa, até você acredita nisso? Não acha que seja charlatanice pra vender horóscopo? — pergunto, cético.

— Pra começar, tem horóscopo de graça na internet — ela diz.

Já sei que o discurso será longo, então reviro os olhos.

— E, além disso — continua —, não é mentira. Os astros podem, sim, influenciar a nossa vida. E como não? Se só o fato de cortar cabelo em lua crescente já deixa ele crescer mais rápido, que dirá você nascer em um dia e local específicos? O tanto de influência que isso tem na sua vida! Olha aqui, eu tenho até a ordem nesse pôster. A astrologia é um dos melhores caminhos para o autoconhecimento, sabia?

Ela me mostra um papel comprido e colorido que estava na parede. Vejo que tudo começa com Áries, passando por Touro, Gêmeos, Câncer... Meu Deus, por que tantos? E que nomes estranhos! Quem é que quer ser um Aquário? E esses símbolos... Não consigo entender quase nenhum.

— Eu acho que não consigo acreditar nisso, Madu. É muito confuso. Como é que a posição dos planetas pode determinar toda a minha vida, personalidade, escolhas?

— Você faz o seu destino, querido — responde, carinhosa. — Mas os signos vão te influenciar, quer você acredite neles ou não, Lucas — arremata, me olhando no fundo dos olhos. — Mas você já tem muita coisa a refletir por hoje.

Ficamos naquilo de marcar ou não a próxima consulta, e digo que preciso pensar, mas que amei o fato de estar tudo bem comigo e ser só um momento de surto por lidar com tanta coisa ao mesmo tempo. Saio dali e compro um calmante, óleos essenciais e um livrinho de ioga. Espero que me ajude a sossegar o facho e lidar com tudo que preciso. Ah, e confiro o meu horóscopo (tô aceitando qualquer ajuda!), que diz que é tempo de ficar de olhos abertos para os arianos desconfiados. É, a menos de uma semana do meu aniversário e sem sinal de que essa dívida será paga, preciso estar desconfiadíssimo dos lobos em pele de cordeiro.

Falando em dinheiro, fiquei curioso pra saber quanto levantei de grana com meus nudes ontem. Dou uma olhada e... uau. Nunca vi alguém conseguir cinco dígitos tão rapidamente. Será que se eu envolver o Jeff no meio a gente arrecada mais? Quem tem tanquinho em casa não sou eu, é ele. O que me lembra de que preciso lavar a segunda leva de roupas do dia.

Chegando em casa, enquanto coloco as roupas pra quarar no sol, penso no meu horóscopo, principalmente na questão de "ficar de olhos bem abertos"... Quer dizer, e se isso fosse literal? Parando pra pensar, eu só viro outra pessoa quando acordo no dia seguinte; então, se isso for um tipo de feitiço ou algo assim, é só eu não dormir, *ficar de olhos bem abertos*! Que nem naquele filme *Clube da luta*: se o cara não dorme, o outro cara não assume o corpo dele. Arrasei, é isso que vou fazer hoje de noite: não dormir e anotar o que aconteceu até agora, para descobrir onde foi que isso tudo começou. Termino de estender as peças e dou um pulo no mercadinho para comprar energéticos, chocolates, Coca-Cola e cafés, e já programo o celular para despertar de meia em meia hora depois das dez horas.

No caminho de volta, vejo alguém na rua com uma camiseta de Nossa Senhora e me lembro do quadro de que tirei foto de manhã. De novo em casa, pesquiso e vejo que é *Virgem das rochas*, do Da Vinci, e mando para minha mãe, que nem havia recebido a mensagem anterior enviada pela manhã. Estranho, ela sempre responde rápido, mesmo que seja para mandar uma figurinha. É bom que esse negócio de astrologia seja real, porque eu estou muito desconfiado de que ela esteja passando o dia todo fora de casa. O que seria bizarro, já que ela sempre amou ficar em casa fazendo palavras cruzadas e ginásticas no YouTube. Dou uma ligada, por segurança, mas o celular dela cai na caixa postal. Como estou no apartamento, aproveito e bato na porta do quarto de hóspedes em que ela está dormindo, mas ninguém responde. Meu coração volta a bater a mil, e falo baixinho:

– Não seja compulsivo, não seja obsessivo...

Mas a quem eu quero enganar? É da minha MÃE que estamos falando. Ela pode estar morta na cama, como eu iria saber? Respiro fundo, com o coração na boca, e abro a porta. Tudo está muito arrumado, o que me deixa aliviado, e há um pacote na cama com uma etiqueta escrita "C. A.". Pego o pacote e levo até Jefferson, que havia acabado de chegar do trabalho, e pergunto como deveríamos proceder. Ele diz que devemos abrir para que eu fique tranquilo, pois ele sabe que ando meio estressado (espero que amanhã seja melhor).

Abrimos com o maior cuidado, para podermos reembalar depois sem deixar provas, e o que há dentro do pacote é um creme branco de cheiro forte, além de uma carta escrita à mão pela minha mãe. Ou ela abriu uma loja de produtos de *limpeza de pele* e tá mandando mimos pros clientes, ou isto é, no mínimo, estranho. Decidimos ler a carta (ok, eu sei que isso aqui tá parecendo aquela série *You*, em que tem um cara super*stalker*, mas vou tentar melhorar, eu juro!) e, bem, não tem nada a ver com cosméticos, pois o que lemos foi, hã, bem romântico:

> "C. A., você entrou na minha vida,
> você me encontrou faz pouco
> tempo e já mexeu tanto em mim.
> Estou vivendo intensamente e
> com alegria só por sua causa. Sinto
> seu toque em minha pele, quanto
> tempo ficaremos juntos? Quanto
> tempo terei que esperar pra..."

E mais nada. Me parece que ela ainda não havia terminado de escrever, mas devo dizer que minha mãe provavelmente ia escrever "pra tudo isso acabar", porque do jeito que ela é religiosa deve estar ansiosa por encontrar Jesus e terminar o seu sofrimento. Pobre mãe.

Fico paralisado no meio do quarto, e Jeff me consola, abraçando minha cintura.

— Ela vai ficar bem — diz, depois de um bom tempo. — Hoje em dia, muitas pessoas se curam do câncer.

— Eu sei, mas isso tinha que estar acontecendo comigo justo agora? Justo no meu inferno astral?

— Vamos passar por isso juntos, tá bom? Mesmo que eu tenha que lidar com mil versões diferentes de você, porque eu sei que, no final, irei me apaixonar por cada uma delas – diz e me dá um beijo.

Sorrio, sem graça.

– Tem razão, nego. Vamos levar esse creme para a Mari analisar. Quem sabe ela vai reconhecer qual é e podemos ter uma dica do nível de doença da minha mãe.

(Alerta de spoiler: a Mari ficou enjoada com o cheiro forte – como sempre ficava – e não conseguiu identificar, nem quis que eu mandasse foto nem nada porque ficou com ranço e, sinceramente, não pareceu muito convencida sobre o câncer.)

Esperamos dona Rosa chegar, e ela passa pela porta do apartamento perto do primeiro alarme do celular tocar. Jantamos (sim, esperamos ela pra jantar, então estávamos morrendo de fome) e ela fica toda animada analisando nossos talheres, falando dos desenhos feitos nos cabos, de como são raros e tudo mais. Parece que baixou uma Wikipédia de prataria nela, eu juro. Em momento algum ela cita dores, doenças ou morte. Até que ela tá lidando bem, né? Se fosse eu, estaria só o drama vivo.

Depois de comer, vou para o quarto e começo a ingerir os chocolates e o energético (hoje, não sei por que, estou sentindo sono mais cedo do que o normal). Anoto tudo que aconteceu desde o primeiro dia que acordei esquisito, conto todos os detalhes, analiso tudo com precisão, entre goles de café. Mas me parece que deu efeito contrário, porque lá pra meia-noite eu já não escuto meu despertador, pois estou caído de sono em cima do caderno. O feitiço, no seu melhor efeito Cinderela, me ataca novamente.

7.LIBRA

Oi, sumidos!

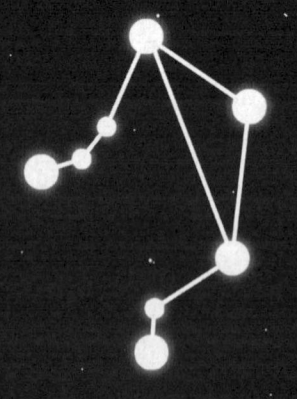

Gente, eu dormi mesmo ou achei que dormi, mas não dormi? Tô confuso, porém as anotações ficaram cortadas no meio de uma frase, então talvez eu tenha apagado, ou parei pra fazer xixi e me esqueci de retomar. Ai, que confusão, meninas. Não sei se acordei diferente hoje. Vocês acham que mudei de ontem pra hoje? Acho que só não tô me incomodando tanto com a sujeira, mas posso me incomodar quando eu quiser, né?

Quando me olho no espelho, também não tenho certeza se estou diferente. Só sei que meu platinado continua incrível. Eu acho. E quando foi que escolher entre café ou chá foi tão difícil?

O Jeff tá me olhando com uma cara esquisita, então devo ter acordado diferente, pelo jeito. De novo. Me arrumo para ver se melhora o astral, mas pela olhada que meu marido me dá eu tenho certeza de que está ruim, talvez muito exagerado.

– Amor, você ainda não está... normal – diz, pausadamente. – Ainda bem que é domingo, você não trabalha hoje de novo. E dessa vez eu também não vou trabalhar, vou tentar te dar um suporte nessa loucura.

Dou um beijinho nele, apaixonado, e logo espirro.

– Tá doente, filho? Precisa de algum remédio? – Chega a minha mãe, secando as mãos em um pano de prato.

– Não, mãe, eu tô bem. Só acordei com a rinite atacada...

Mas não é que esse papo de remédio me lembrou do frasco que o senhor Aquino me entregou ontem?

Pego a minha mochila e a reviro até achar o frasco verde, dando uma olhada melhor nele agora, notando a etiqueta bege que diz: "Risol tarja preta: tome e fique de bem com a vida!". Espera, ele tava debochando do jeito que eu estava hipocondríaco ontem ou estava tentando me ajudar? Isso é uma piada ou uma ajuda? Consulto meu marido, que diz, absoluto:

— Só perguntando pra ele pra saber.

Às vezes, eu acho que o Jeff mora em uma realidade paralela em que tudo se resolve de maneira fácil, porque me sinto um idiota quando ele me responde assim. Como qualquer coisa rapidinho e vou para o antiquário tirar satisfações.

Mesmo em um domingo, ele está dentro da loja. Um senhor Aquino muito equilibrado na escada me recepciona, enquanto tira pó das estantes mais altas, e ofereço meu braço para ajudá-lo a descer porque eu nunca confiei nessas escadas e tenho medo de que ele caia. O senhor aprecia o meu gesto, pega uma pequena balança de prata que estava escondida entre a prataria dali e comenta:

— Meu jovem, se todas as balanças fossem assim, eu não tinha essa barriguinha de grávido. Olha pra ela com atenção.

Quando paro para observar, vejo que há um pequeno hambúrguer de um lado da balança e uma alface do outro, e ambos estão bem equilibrados. Dou uma risada.

— É a minha dieta favorita: come um X-bacon e come uma fruta. Acredito que alinhe os chacras estomacais – digo.

— Hehehe, com certeza. Não só de folhas viverá o homem, é bíblico isso, meu filho. Não posso falar só de pão porque tem gente que não come pão, mas não comer nenhuma folha é difícil, se tem até nos hambúrgueres e nas saladas.

— É verdade, minha mãe mesmo não come pão, arroz, nada – respondo, me lembrando da alimentação regrada dela. – E tem um corpinho melhor que o de nós dois juntos.

Ele dá uma risadinha sem graça e responde:

— Eu já tive um corpinho escultural, rapaz, muito tempo atrás, quando as mulheres ainda suspiravam por mim na rua. Naquela época, eu era a cara do Jimi Hendrix, então as moças se jogavam aos meus pés.

— Uau! Quem te viu, quem te vê, hein, senhor Aquino! — Solto um assobio. — Mas, se você era tão gostosão assim, por que nunca se casou?

Senhor Aquino olha pra baixo, com certo pesar. Ops, toquei no assunto errado. Já vi esse olhar antes na minha mãe quando alguém pergunta se ela tem marido, e ela é obrigada a dizer que é viúva.

— Era para eu estar casado há uns trinta, quarenta anos, mas ela me abandonou quando ficamos noivos. Disse que estava apaixonada por outra pessoa, o que me doeu muito, mas depois descobri que ela me largou porque decidi ser ator nessa época. E, como ela queria se casar com alguém rico, achou que não era um bom negócio — desabafa com um suspiro. — Aí ela se casou com o médico mais famoso da cidade depois de um ano, e olha, nunca conheci alguém que foi tão traída como aquela mulher. Depois disso, acabei indo trabalhar no Hospital das Clínicas, onde conheci a sua amiga, a Mariana, aquela querida. Ela sempre me fazia rir e, como tínhamos black power, sempre dizíamos que éramos os Jackson Five! — Ele solta uma risada rouca.

Uau, não é que ele é um cara animado? Nunca julgue um livro pela capa MESMO.

Conversamos mais um pouco até eu voltar pro apê. Nem me lembro de tocar no assunto do remédio, para ser sincero.

Quando estou no elevador, penso no que ele disse sobre a ex. E se essa coisa toda que tá acontecendo comigo é fruto de ex--namorados, já que não parece ser de nenhum apresentador ou algo do tipo? Jesus amado, eu vou ter que reunir meus ex que nem aquele filme do *Scott Pilgrim* e conversar com todos, tentando descobrir o culpado. Cruz-credo.

Quando piso dentro de casa, eu e Jeff nos reunimos em uma força-tarefa para descobrir logo o que tá rolando, aproveitando que minha mãe saiu para ir caminhar. Primeiro olhamos as anotações, e, nossa, eu fui realmente meticuloso. Página um: "Conheci a Maria Bethânia e olha no que deu". Nossa, esse dia eu estava brabo, né, meu Deus?! Depois, passamos pelo dia em que eu chorei até desidratar (agradeça à Marília Mendonça pela *bad* alcançada), daí fiquei todo vaidoso... Que circo, meu pai. Como que vocês conseguiram entender essa zona? Até eu fiquei confuso aqui.

Jeff lê comigo, então sabe que fui à psiquiatra e estou mentalmente estável (sério, é pra rir?). Volto à hipótese de que talvez isso possa ter sido feitiço lançado por algum ex--namorado, e meu marido – como sempre, cinéfilo de carteirinha – se lembra do filme *Sexta-feira muito louca*, em que a troca de corpos acontece por esse motivo, e concorda comigo. Pego aquela lista de pessoas que me odeiam e confiro quem está ali que não é da televisão, e o que sobra são só os ex mesmos. Jeff me lembra de alguns que estão faltando (é uma ciumeira atrás da outra...). Fechamos a lista com quinze nomes.

Ligo para a Bia para ver se ela se recorda de mais algum (ela sempre era a primeira a saber dos meus assuntos amorosos; era um pacto silencioso que fazíamos). Ela, então, diz que está ótimo, e sugere que eu faça essa reunião no bar Balança, mas não cai – lá é bem seguro e controlado, caso a gente saia no tapa. Confiro meu horóscopo – sim, eu me rendo – para ver se estou fazendo certo, e leio o seguinte: "Hoje será um dia desafiador, mas é preciso se empoderar". Ai, que *ótimo*, tudo que eu precisava pra hoje.

Peço pro meu marido ligar pra todo mundo porque não sei se terei forças o suficiente para enfrentá-los E AINDA telefonar pra cada um deles. E alguns deles não podem (ou não querem) ir, sobrando só a parcela que me odeia o bastante para querer me deitar no soco. E esses, vejam só, topam ir nesse mesmo dia ao meu encontro.

Queria ter aquela autoestima de uns dias atrás. Iria me ajudar muito a sambar na cara deles sem dó.

♎

Saio, então, com Jeff para o Balança, mas não cai. Consegui, afinal, marcar com um monte de ex! Quando estamos quase chegando lá, quem me aparece? Dandara me para na rua, quase como uma assombração.

– Oi, Lucas. Tentando desatar os nós que a sua falta de empatia formou?

– Hahaha, muito engraçado. Você sempre fica falando em enigmas comigo, né? – respondo, virando os olhos.

– Na verdade, não, mas você nunca entende o que eu digo, então sim – diz, fazendo um gesto exagerado com a cabeça.

– Dá pra parar de me perseguir? Não posso mais sair de casa que te encontro em todo canto. Parece perseguição... – Suspiro.

– Ué, eu trabalho logo ali. – Ela aponta para a escola onde os jovens de baixa renda estudam. – Tecnicamente, é você que está invadindo o meu espaço. E espero que tenha passado protetor solar, porque esse sol não está nem um pouco equilibrado. – Pisca, e sai andando.

Ela é tão doida, não sei como eu aguento.

Jeff me pergunta se é a Bethânia e eu digo que sim, e ele parece reflexivo com a resposta. Decidimos escutar a louca e compramos protetor solar para gente e para minha mãe também, pois ela precisa mais do que nós. O moço do caixa tenta nos empurrar uma balança toda chique que calcula as calorias e o IMC com precisão. Quando ele diz isso, sinto o peso do presente do senhor Aquino no bolso, e penso quantas vezes escutei a palavra balança só hoje. Ou eu estou paranoico, ou isso tá muito estranho.

Meu marido me ajuda a escolher o protetor ideal (porque eu fico bem indeciso, tenho medo de pegar algo muito fraco pra minha mãe ou muito forte pra gente) e chegamos pontualmente no bar para encontrar todos os garotos que já amei (ou me amaram, né?).

Fico nervoso só de olhar no rosto de cada um e ver o olhar de desaprovação que eles me dão. Sinto um frio na espinha, mas tento manter a postura. Jeff me dá o suporte de que eu preciso, e fico aliviado de ele estar ali comigo.

– Então, gente, sei que alguns de vocês podem estar meio bravos comigo... – começo, e logo sou interrompido.

– Alguns? Todos nós estamos irritados com você, Lucas – Fernando cospe. Ele está com o cabelo raspado nas laterais e o resto está loiro, quase branco. De braços cruzados, ele me olha com ódio.

— Olha, Fê... Posso te chamar de Fê? — Ele fica vermelho de raiva, e concluo que não, não posso. — Isso é... passado, né? Acho que devíamos lidar com isso feito adultos e...

— Adultos? — Tiago retruca, se inclinando para a frente com os cabelos compridos caindo nos ombros. — Engraçado, esse papo de "adultos" não aconteceu quando você me dispensou na véspera do Carnaval, só pra você poder passar o rodo nos bloquinhos.

Os outros boys fazem uma vaia, um imenso "uuuuh!", e escuto alguém dizer um "eu não deixava, Ti!". Começo a me abanar, sentindo a pressão caindo.

— Ah, mas isso faz tanto tempo, o Lula ainda era nosso presidente na época. Eram outros tempos, né? — Dou um sorrisinho amarelado.

— Você me trocou para poder ficar com ele. — Léo aponta pro Vítor, que está pomposo sentado com as pernas cruzadas.

— E você nunca quis que eu conhecesse seus pais. Você me disse que eles foram assassinados na noite em que você foi ver *Titanic* no cinema! — Ok, eu assumo, essa foi baixa, mas quem nunca viu qualquer filme do *Batman*? Era óbvio que era uma piada com os pais dele, e que não era real! — Você nunca me amou... — Vítor choraminga.

Começo a suar e o mundo parece rodar. Eu só preciso de uma informação, só isso, e daí eu me livro dessa saia justa e posso ser amado novamente.

— Calma, gente. Quando for o dia de fazer um podcast sobre como eu era uma pessoa horrível, eu chamo vocês, tá bom? Mas hoje o foco é outro. Primeiro, queria pedir desculpa a cada um de vocês por tudo que fiz, eu era babaca e...

— Desembucha logo, cara. Eu tenho CrossFit às seis, não posso ficar aqui o dia todo — grita Giovani, o italiano bonitão com pernas definidas (eu sou um homem CASADO, eu sou um homem muito bem CASADO...).

Limpo a minha garganta e vou direto ao ponto:

— Tá bom, tá bom, vou ser objetivo aqui. Minha gata, Pepita, foi raptada. Além disso, cada dia eu tô acordando como uma pessoa diferente. Me parece que foi um feitiço, uma brincadeira de mau gosto, e eu quero saber quem de vocês foi responsável por isso — solto tudo o mais lentamente que consigo, mas acho que acabei falando tudo atropelado.

Ainda assim, ninguém me responde e eles se olham, confusos.

— Agora vocês não falam, né? O que quer dizer que todos são culpados, todos armaram contra mim. Eu não acredito. Ou eu tô errado? — digo, evitando tomar conclusões precipitadas, mas já tomando.

— Cara, não viaja — Fernando diz. — Por que eu ia gastar meu dinheiro ferrando a sua vida se você já faz isso muito bem sozinho?

Ai. Essa doeu.

— É verdade — Tiago concorda. — Eu nem tenho tempo pra isso. Formei uma família, sou feliz. Não ia gastar meu tempo com ranço de dez anos atrás.

— Eu também não — Giovani assume. — Ter bode dos outros faz mal pra pele, dá ruga. Credo!

Agora estou confuso.

– Ué, ninguém aqui armou nada contra mim?

Olho pra cada um dos rostinhos, e até parece que a raiva anterior passou, porque estão todos como anjos numa plenitude só.

– Mas vocês não me odeiam? – pergunto.

– Odiar? – Vítor se manifesta, afetado. – Amor, eu odeio é ter que me montar de drag e a calcinha ficar entrando na bunda. De você eu tenho é pena.

– Tenho ranço, mas não odeio você – Fernando comenta. – A Ariana Grande me ensinou que o negócio é amar o próximo. *Thank U, Next*!

– Menino, a Beyoncé me mostrou que beleza dói, e olha estas pernas durinhas. Foi dolorido conquistá-las... – Giovani (EU SOU UM HOMEM CASADO! INFERNO!) aponta para as pernas.

– Bom, já que ninguém me odeia... – digo, aliviado, quando meu celular toca.

Vejo na tela que é Vênus. Ele me diz, em sua voz robótica, para eu olhar debaixo da mesa que estava ali perto. Com receio, confiro que há um bilhete e uma coisa peluda colada ali embaixo. Jeff lê antes de mim, e arregala os olhos.

Me passa o papel e eu leio:

"Faltam cinco dias para você quitar sua dívida. Pague o que me deve ou o seu tesouro vai ser tirado de você".

Há um punhado de pelos da Pepita colados ali. Incrível como eu não tenho um segundo de paz.

Agradeço à presença de todos e digo que vou pagar uma rodada de cerveja ali no bar, o que parece perdoar qualquer ranço que existia até então. Bebo pouco, pensando na gatinha raptada, no feitiço que não foi lançado por eles e na dívida que temos de pagar. Como se tudo isso não fosse o bastante, a cerimonialista me liga em pleno domingo, pedindo pra decidir mais coisas da festa. Eu falo pra ela fazer o que achar melhor, desde que não seja muito caro, porque estou cansado de decidir por hoje.

♎

Chegamos exaustos em casa, e percebo que a minha mãe não voltou da caminhada ainda. Ou será que ela foi direto pra quimioterapia e não quis nos dizer? Pobre dona Rosa, tão forte, tão resiliente.

Ela chega perto das oito horas, e lhe entregamos o protetor que compramos, falando pra ela tomar cuidado com o sol e com o mormaço também. Mamãe acha fofo nosso gesto e me elogia, dizendo que estou reparando mais nos outros e sendo mais carinhoso. Ao menos um biscoito eu ganhei hoje, depois de tanta paulada. Acho que ela percebe o meu cansaço, porque faz um truque rápido com o protetor e o transforma em uma flor vermelha, me impressionando. Ela diz que é um truque fácil que aprendeu no YouTube, e que qualquer palhaço de circo pode fazer. Essa dona Rosa... sempre me surpreendendo. Mesmo morrendo ela ainda aprende coisas novas, tenta se sentir bem. Morro de orgulho dela.

Antes de dormir, anoto tudo que aconteceu hoje e pesquiso mais sobre feitiços, mas não acho nada relevante. Penso na reunião de ex de hoje e fico encucado pensando: *Para sair disso, precisarei me resolver com todo mundo com quem já briguei ou a quem fiz mal.* A lista é gigante, mas assumo a culpa. Respiro fundo e começo a mandar mensagem para todos que definitivamente não gostam de mim, na esperança de que possa ser perdoado e que eu acorde sem esse feitiço impregnado na minha pele. Tomo gim com tônica, como fiz dias atrás, mais uma tentativa – espero que não falhe – de sair dessa maldição.

8. ESCORPIÃO
Eu (quase) matei a Maria Bethânia (de novo!)

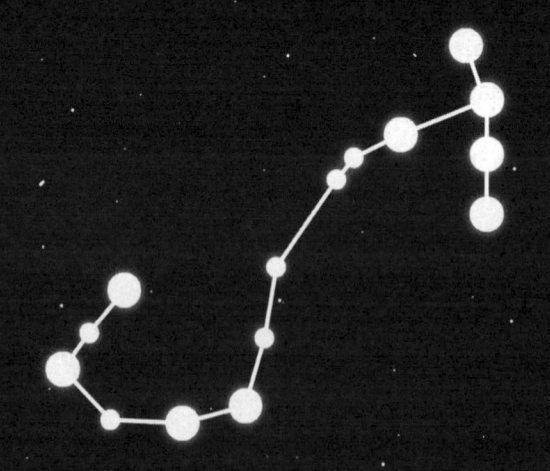

Sonho com uma Pepita amordaçada e que mia pedindo socorro. Acordo suando e com o coração na boca, sangue nos olhos e um leve latejar na cabeça. Droga de gim!

Me levanto da cama irritado, jogando as cobertas pro lado, batendo as portas. Quando Jeff vê a minha cara, já solta, com a voz da bruxa do Pica-Pau:

— E lá vamos nós...

— Jeffê, não começa. Acordei pê da vida hoje.

— Aceita um Risol concentrado? — Ele pega o frasco verde e me oferece como uma revendedora da Mary Kay.

O carro rosa vai chegar pra você, amado.

— Hahaha, que engraçado — digo, mas uma onda de culpa me domina. — Olha, eu só não tô legal hoje. Será que podemos conversar melhor mais tarde?

— Claro. Espero que se acalme — responde, e dá um beijinho (ficando na ponta do pé) na minha testa.

Engulo meu café o mais rápido possível, com sede de vingança para descobrir o paradeiro da Pepi. Pego a lista de nomes, releio as anotações... Cara, não tem nada aqui. E cada vez mais parece que não foi um feitiço de ninguém cujo nome eu anotei no papel. Mas então quem iria me odiar tanto assim? Eu sei que é difícil agradar a todos, mas um feitiço DESSE NÍVEL... Eu tenho que, no mínimo, ter feito algo terrível (o que eu não duvido que tenha feito em algum lugar do passado, viu?). Vou precisar da ajuda da pessoa com melhor memória que eu conheço. Mando mensagem pra Bia e marcamos de dar uma volta e fazer outro CSI para tentar pegar mais pistas.

Enquanto a espero no térreo, uma dupla que eu definitivamente não queria ver hoje surge no hall do prédio.

— Glória Santiago e Pudim te convocam pra pagar, pa-pa-pa-pagar, pa-pa-pa-pagar, se prepara pra pagar — cantarola Glória, com cabelos verde-escuros e um look todo rosa, parecendo uma fusão dos Padrinhos Mágicos. Pudim está ao lado dela com uma camisa polo verde-limão e uma bermuda preta com um — eca! — Crocs nos pés.

— E aí, otário, sentiu saudades da gente? — o rapaz diz, cruzando os braços.

— Pudinzinho, não é assim que a gente trata nossos clientes! — Glória dá um peteleco nele. — Se falar assim com ele, é aí que ele não paga — sussurra em uma altura em que eu claramente consigo escutar. — O que meu amigo Pudi quer dizer é que é um prazer poder ver a vossa beleza novamente, senhor D'Angelo. — Ela faz uma reverência exagerada.

Viro os olhos com o drama dela.

— Tá bom, já entendi, é pra pagar. Mas o que me impede de acabar com a raça de vocês antes disso? — respondo, irritado.

— Ui, alguém quer tacar fogo no parquinho! — Glória joga as mãos pro alto. — Você sabe que não pode fazer isso, chuchuzinho, senão sua dívida triplica. Isso estava no contrato que você assinou direto com o Vênus.

— Eu não assinei merda nenhuma! — vocifero, furioso.

— Cara, o que você acha que significa "concordo com os termos de uso"? — Pudim pergunta, com uma sobrancelha levantada.

— E quando foi que cliquei nisso?

– Quando acessou o site do Vênus e pegou o dinheiro, ué – Glória responde.

– Chega disso! – Eu me levanto, irritado. – Vocês vão se ver comigo!

– Pudinzinho, lembra quando te ensinei a correr sem parecer a Phoebe Buffay, todo desengonçado? A hora é agora para treinar, viu? – ela diz, e se vira correndo nos saltos altos.

Com um assovio, um carro chega e eles entram na velocidade da luz.

Corro por um tempo atrás deles, mas, em questão de instantes, o carro está fora do meu alcance. Glória me dá um tchauzinho da janela, debochando.

Quando Bia chega, já estou mais calmo, porém ainda com sede de vingança. Refazemos o trajeto dos últimos dias e a única coisa de diferente que encontramos foi um escorpião todo incrustado de diamantes que estava exposto no antiquário do senhor Aquino. Até penso em dar um oi pra ele, mas a plaquinha de "volto logo!" está pendurada na porta de entrada. Para piorar, Bia também não se lembra de nenhum nome a mais que pudesse ser um potencial hater, e sugere que eu vá trabalhar e tente ver se noto algum comportamento estranho.

E assim faço. Enquanto como um pão de queijo na cantina do estúdio, fico de olho no programa que está passando na TV, e para minha infelicidade é a Dandara que aparece na tela depois dos primeiros comerciais. Parece que ela está falando algo sobre as previsões do ano para os signos, e cita o inferno astral, falando que é uma época tensa que antecede os aniversários. Eu que o diga. A apresentadora pergunta se é sempre complicada essa fase, e ela responde:

– Não necessariamente. É só uma época de "acerto de contas" com as suas consequências, sabe? Tanto que uma vez conheci uma pessoa ariana que estava vivendo um inferno astral tão pesado, que passou a sofrer com mais intensidade as suas próprias dores, e até as dores dos outros signos, tudo isso porque não tinha ainda conseguido viver a empatia. Bizarro, não é? – Ela olha diretamente pra câmera e dá um peteleco no piercing, fazendo um barulho de metal que me soa estranhamente familiar.

De onde é que eu já vi isso?

Ai.

Meu.

Deus.

Eu me lembrei de onde eu conheço esse gesto. Foi isso que ela fez antes de sair do estúdio quando nos conhecemos, oito dias atrás! E ela me disse algo sobre empatia, eu acho, sobre me colocar no lugar do outro. E se... e se essas personalidades com as quais eu tô tendo que lidar forem dos signos? Quer dizer, não é isso que ela disse no programa agora mesmo? Que conheceu uma pessoa ariana (eu sou ariano!) que sofreu (o que mais faço da vida!) consequências dos seus atos e sentiu dores dos outros signos (amor, eu senti dor por quinze pessoas diferentes quando me tiraram a Pepita!) porque não teve empatia (não concordo, mas há quem diga que não sou empático). E a Maria Eduarda me explicou sobre os signos anteontem. Eu lembro que havia um pôster na parede com a ordem deles... mas não consigo me recordar. Preciso pesquisar sobre isso.

Procuro no celular e faço as contas... Se faz oito dias que ela bateu no piercing, devo estar no oitavo signo na ordem, o que nos leva a... Escorpião. Então, eu estou escorpiano? Eu não tenho ideia do que isso significa, mas sinto o sangue ferver só de pensar que tô sendo feito de bobo há mais de uma semana.

Então a Bethânia me enfeitiçou e agora eu sou OBRIGADO a lidar com defeito de doze signos diferentes, só porque eu não tive a merda da empatia? Ela tá pensando que isso aqui é o quê? Um episódio de *Ursinhos carinhosos*? Ah, mas ela vai se ver comigo. E se ela sair viva desse rolê deve agradecer muito ao diabo – que, neste caso, sou eu. Produção, me passa um batom carmim bem Paola Bracho porque hoje o veneno vai escorrer.

Subo as escadas correndo (não tenho paciência pra pegar o elevador de 1980, que demora anos), com o coração na boca e a respiração acelerada. Conforme vou subindo, fico escutando o som das TVs do prédio e reconheço que é Dandara quem fala, e pior: está falando de mim. Minha orelha esquenta de ódio. Eu não consigo raciocinar direito, só sinto o desejo de me vingar, como se a minha vida dependesse disso.

Penso na Pepita, em toda a dedicação de Jeff para salvar nossa família, no pobre do Edu, que deixa os hobbies dele de lado para rastrear o agiota pra mim, nos meus amigos que se envolveram para me ajudar... Tudo por causa de uma maldição estúpida, desnecessária, injusta. É tudo que consigo pensar enquanto corro com raiva, quase tropeçando nos degraus. Sei que ela está no quinto andar do estúdio, pois vi nas telas, e mal consigo abrir a porta quando chego aonde ela está. Puxo com força a maçaneta e ela sai na minha mão. Droga.

Assim que invado o programa, me vejo no telão, desesperado, e arremesso a maçaneta contra ele. A tela gigante se espatifa toda no chão. A plateia fica em choque e eu grito para a bruxa da Dandara:

— Sua vaca! O que você fez comigo? — Sinto as veias do pescoço pulsarem enquanto berro.

A plateia explode em risadas.

— Ai, Lucas, assim você me mata! E não foi ensaiado, hein, produção? Fabinho, coloca a cena pra gente ver de novo. — A apresentadora loiro-odonto diz.

Uma cena começa a passar no telão, acho que de segundos atrás, em que Dandara está falando:

— Então, preparem-se porque o signo de Escorpião vai estar obstinado a descobrir as verdades mais secretas, entretanto, cuidado pra não explodirem, porque senão é capaz de chegar gritando assim... — E aponta para a porta em que eu entrei, um segundo depois, berrando.

Fico paralisado. Eu não acredito. Como ela sabia que eu ia entrar gritando naquela hora? Que tipo de feitiço é esse? Será que terei que tomar banho de alecrim e sal grosso pra tirar isso de mim? É uma boa ideia, né? Ainda não testei isso...

Para a minha sorte, o programa já estava no fim, então logo mais eu a confronto no corredor do estúdio.

— Escuta aqui, sua bruxa. Eu não sei por que você fez isso comigo, mas você vai me pagar, e eu te garanto que não será barato — rosno, enquanto a encaro com sangue nos olhos.

— Acalma esse Escorpião, rapaz. Encontre o seu foco e a resposta estará nas estrelas — responde, toda João Bidu.

— E O QUE É QUE ISSO QUER DIZER, HEIN?! — grito.

Mas ela já está virada de costas pra mim e está indo em direção ao estacionamento, onde deve estar aquela sua lata-velha. Quando abro a boca para discutir, vejo que meu chefe está com os seguranças do prédio. Que saco. Eu esqueci que praticamente destruí o telão do programa dela. Tô muito ferrado.

— E-eu posso me explicar... — gaguejo de nervoso enquanto penso numa boa resposta, ainda superirritado, olhando para rostos furiosos que me encaram. — Eu me esqueci de tomar meus florais hoje, daí acabei me passando muito e... Prometo que irei pagar o telão, assim que possível. Isso não vai se repetir...

Ai, eu odeio me humilhar assim, mas é isso ou eu ia pro olho da rua.

— Se recomponha, homem — ele me responde, cuspindo no chão. — Você errou feio, porém nosso ibope bombou. Seu nome tá entre os assuntos mais discutidos no Twitter e o telefone não para de tocar. Dessa vez vou deixar passar, mas é seu último aviso, Lucas. E é bom que você se arrume logo pro seu programa, porque todo mundo quer te ver — diz, e vai embora com os seguranças, que me olham feio.

Ufa. Essa foi por pouco.

Mas, pera aí, as pessoas estão falando sobre isso? Sobre mim? Meu Deus, eu nunca achei que fosse ficar mais famoso por surtar assim. Tô me sentindo a própria Britney em 2007. Se é que ela teve que lidar com dívida, raptos e maldições, tudo ao mesmo tempo.

♏

Enquanto me maquiam para o meu programa, penso no que Dandara me disse e acho que talvez ela tenha razão: meu foco deve ser a dívida e a Pepita, não ela ou sei lá o quê. E eu preciso saber quem é esse maldito Vênus para, aí sim, descer a porrada nele. Vai ser lindo. Mas que diabos é o caminho das estrelas? "A resposta estará nas estrelas", foi o que Dandara disse.

Espera, eu vi alguém no estúdio hoje com uma camiseta de *Star Trek... Jornada nas estrelas*! Caminho e jornada são a mesma coisa, né? Com certeza essa pessoa era o Edu, porque só ele pra usar uma camiseta dessas, em vez de camisa e gravata. Alerta de nerd.

– Ei, Edu! Como vão aqueles serviços que te pedi? – pergunto, abrindo a porta da sala dele.

Ele se assusta comigo.

– Hã... Oi, Lucas. Ainda não consegui, o IP tá bloqueado e...

– O que isso quer dizer? – interrompo, impaciente.

– Quer dizer que ainda não consegui o endereço da ligação e que pode demorar mais alguns dias.

– Pô, Eduardo! Você só tinha UMA tarefa – grito.

Edu ajeita os óculos, parecendo culpado.

– Eu sei, mas essas coisas são complicadas. Posso tentar tirar a distorção da voz da gravação pra chegar na voz real do Vênus, se quiser. Acho que é mais simples.

– Ué, e vai me adiantar do quê?

– Bem, você nunca considerou que ele pode ser alguém próximo?

Droga. Eu não tinha pensado nisso. Eu só considerei as pessoas do meu passado que teriam motivo para me odiar.

– Tem razão. Mas desta vez vai ser mais rápido?

– Não posso prometer nada, mas acho que sim – diz um Eduardo concentrado no seu notebook.

– Ok, é bom que dê certo – lanço a ameaça e o olho sério.

Fecho a porta e vou apresentar o programa, certo de que desta vez Vênus não me escapa.

♏

Depois de um dia puxado no trabalho, chego em casa. Desabafo tudo com Jeff, que escuta com atenção.

– Tá, mas se o feitiço segue uma ordem dos signos, dá pra gente prever como você vai acordar amanhã, né? – sugere.

– Tem razão. Então, se a gente pegar a ordem certinha... E se eu tô em Escorpião...

Ele pesquisa rapidamente no celular e diz:

– Então, amanhã você vai estar Sagitário! Depois Capricórnio, Aquário e Peixes. E daí... Áries, de novo.

De novo? Ah, não.

– Espera, quer dizer que se eu não quebrar o feitiço eu volto tudo de novo, pro começo?

– Acho que sim – fala, coçando a cabeça. – Quer dizer, essas coisas são cíclicas, né? Se você não sair disso, acho que será atormentado por todo o zodíaco, tipo... pra sempre, sei lá.

Pra SEMPRE? Ai, pelo sagrado rebolado da Beyoncé, tudo menos isso!

– Ok... Então, precisamos resolver a dívida e esse feitiço para que tudo volte ao normal. A questão é: como?

– Precisamos de um plano de ação – comenta Jeff, pensativo. – Quanto você já levantou de grana com os nudes?

Dou uma olhada no celular, e fico impressionado com o valor que aparece ali.

– Digamos que um terço do que precisamos arrecadar.

– Uau, quem diria, hein? – ele reage com a voz do Mc Kevinho. – Mas então precisamos achar um jeito de conseguir o que falta.

– Desde que você não venda seus nudes, tá tudo certo – digo, sentindo o ciúme ferver.

– Por que você pode e eu não?

– Porque não sou eu que tenho um corpo definido desde os treze anos, amado. E você é meu marido, não precisa se humilhar a esse ponto por essa dívida. Eu mereço, fui eu que causei boa parte dela.

– Ok, não vou reclamar. E se a gente vendesse algumas coisas daqui de casa em brechós? Ou no Instagram mesmo, sei lá.

– Ótima ideia! Vamos começar com aqueles seus shorts de veludo horrorosos! – Bato palmas, animado.

– Lucas... – Ele me olha, sério.

– Tá bom – Bufo de raiva. – Vamos pro meu guarda-roupa que ver tudo que eu comprei por impulso e nunca usei. Mas, olha, se a gente não passar pelos seus gibis de quinhentos reais, eu vou surtar!

– Acordo é acordo. – E oferece a mão para mim.

Puxo a mão para poder tê-lo mais perto e tasco um beijo na boca dele.

– Obrigado por me ajudar, nego. Sei que isso vai valer a pena de alguma forma.

– Só de podermos fazer algo juntos, que não é limpar a caixinha de areia dos gatos, eu já fico feliz – responde, se aninhando no meu peito.

Ficamos ali, abraçados, por um momento, pensando em como nosso mundo virou de cabeça pra baixo em tão pouco tempo.

Depois de separar umas oitenta peças, uns vinte acessórios e algumas coisinhas de decoração, a gente criou um Insta para anunciar tudo, e já pedi pros meus amigos influencers (oi, Foquinha!) divulgarem pra dar aquela forcinha. Mari vê o rebuliço do perfil (pois é, bombou) e, sabendo da situação da dívida, me mandou um áudio sugerindo que eu cobrasse todos que estão me devendo, pois, como ela bem me lembrou, eu costumava emprestar dinheiro pra todo mundo. Muito que bem.

Criei um grupo no Whats só com quem está me devendo, cavei na memória pessoas de cinco, dez anos atrás que nunca me pagaram (ei, Gustavo, aquela coxinha que você comprou com o meu dinheiro há oito anos já está com juros, então os dois reais e cinquenta centavos já viraram, no mínimo, trinta reais).

Ficamos tão entretidos em procurar meios de pagar a dívida que nem reparamos que minha mãe passou o dia inteiro fora, até o momento em que ela passa pela porta com um sorriso no rosto e algumas sacolas na mão.

— Meninos, o maracujá estava na promoção no hortifrúti e decidi fazer uma batidinha para nós hoje, para levantar o astral! – anuncia.

— Desde quando você gosta de batidas, mãe? – pergunto, impressionado.

— Desde que sou uma viúva entediada e fadada a ver Netflix nos meus domingos à noite. – E dá de ombros.

— Hoje é dia de beber até ficar igual à dona Marocas – Jeff comenta, fazendo a voz do Buzz Lightyear bêbado.

— Com certeza – diz dona Rosa, e pisca. Enquanto prepara o drink, ela nos dá explicações sobre ele: – Essa batida eu aprendi quando fui para Búzios ano passado com as meninas da ioga. Se chama "suco dos apaixonados", porque maracujá em inglês é *passion fruit*.

— Quer dizer que é afrodisíaco? – pergunto, interessado.

— Não, só é para quem está *in love* mesmo. Ou pra quem quer fazer uma poção do amor pra outra pessoa, quem sabe... – E coloca o dedo nos lábios, mostrando seu *sex appeal*.

Pra quem tá morrendo de câncer, ela tá bem assanhadinha, né, não?

Chamo Mari, Toni e Bia para virem em casa provar a batida e comer uns sushis que pedimos agora há pouco.

— Isso aqui é batida de maracujá? – Mari pergunta.

— É sim – respondo.

— Ai, que pena, porque sou alérgica a maracujá – diz, torcendo o nariz e ficando pálida com o cheiro.

— Nem sabia que era possível ser alérgico a maracujá. É uma fruta tão inofensiva – minha mãe solta um choramingo.

– Não, não fique triste, dona Rosa – Mari se sente culpada. – Eu realmente queria tomar... mas você sabe como é, fico toda empipocada depois, Toni fica nervoso, enfim, é um desastre – ela fala meio rápido demais.

Toni concorda com a cabeça.

– Tudo bem, então. Outro dia faço de outra fruta que te agrade mais, minha flor. – Mamãe abraça minha amiga com carinho.

Enquanto comemos sushi até dizer chega, o diretor do *Dazonze* me manda uma mensagem informando que posso trazer quem eu quiser pro programa amanhã porque estávamos sem pauta e ele queria uma coisa mais descontraída. Pergunto se posso levar um casal de tatuadores e ele acha o máximo, superdiferentão. Convido Mari e Toni para estarem comigo no programa amanhã e eles topam na hora.

Depois que todo mundo já comeu, o casal sai e ficamos nós três, novamente. Jeff está quase caindo de sono, eu tô exausto de tanta descoberta por hoje e minha mãe está na metade do seu quinto copo de batida.

– Mãe, a gente vai dormir. Não quer se preparar para dormir também? – sugiro.

– Eu tô bem, filho, só preciso de um momento sozinha aqui.

– Tudo bem, se cuida. Boa noite. – Dou um beijinho na testa dela. Espero que ela fique bem.

Jeff dá outro na bochecha e vamos para o quarto. Quando ele fecha a porta, já pergunto:

– Se amanhã eu acordar sagitariano, já temos uma ideia de qual personalidade eu terei?

— Isso ficou muito a cara daquele filme *Fragmentado* — diz, e dá risada. Em seguida pega o celular e pesquisa alguma coisa nele. — Aqui tá dizendo que você vai acordar extrovertido, irresponsável, festeiro, falante, dramático, sistemático...

— Jesus, que signo horrível é esse? — digo, quase golfando a batida.

— Não é dos piores, pelo que estou lendo aqui. — Ele nem tira os olhos da tela. — Parece que o pior mesmo é Aquário, que virá daqui a três dias.

— Aff, sério? É claro que o único signo que tem o nome de um objeto ia ser o pior. Mas, olha, eu não quero acordar pirado amanhã. Não tenho nada a ver com Sagitário.

— Não sei se você tem muita escolha, amor.

— Tenho que ter escolha! Que é isso?

— Um feitiço? — Ele me olha com cara de "não é óbvio?".

— Tá, tem razão. Então vamos fazer o seguinte: pega a fita isolante e me amarra, e não me solta nem se eu chorar, implorar pra isso, ok? Eu me RECUSO a ser um doidão amanhã.

— Isso ficou bem estranho colocado desse jeito, mas seu pedido é uma ordem, capitão.

Meu marido pega a fita que tínhamos guardada em algum canto do armário e me imobiliza na cadeira no meio do quarto.

— Tá bom ou tá muito apertado? — pergunta, com um olhar de preocupação.

Viro pra ele com um olhar 43.

— Está perfeito, amor. Agora me amordaça e me xinga, vai.

— Devo lembrar que sua mãe está, neste momento, bêbada na cozinha e que dormirá ao lado do nosso quarto?

Tem gente que sabe ser estraga-prazeres, né?

– Tá, vou focar em não ser sagitariano enquanto durmo desconfortavelmente aqui. – Viro os olhos, cínico.

– Você vai ficar bem. Já dormiu na rua para ver o show da Madonna, aguenta qualquer coisa.

– Mas era a Madonna, né, amor!

– E agora é você lutando contra você, tipo *Matrix*. Vai ser massa, acredite – diz e me dá um beijo de boa noite, apagando as luzes.

Imobilizado, com vontade de ir ao banheiro e com dúvidas se seria tão ruim assim acordar sagitariano, pego no sono graças ao efeito do maracujá e tenho sonhos que definitivamente provam que a batida é o suco dos apaixonados...

9.SAGITÁRIO

YUQUÊ: Tutorial de como dar uma de Pabllo Vittar

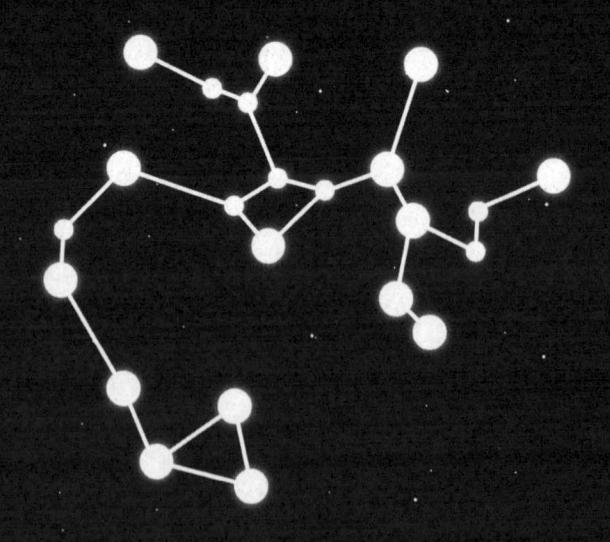

— AI, MEU DEUS! ELA MORREU! LUCAS, CORRE AQUI! – Jeff grita, afobado.

Calma. Eu sei o que vocês estão pensando. Vamos voltar um pouco antes disso...

Eu acordo meio tonto e confuso. Esquecido que estou imobilizado. Mas tenho que arrumar um jeito de sair, porque ainda é terça-feira, e eu preciso curtir, sair, tomar uma caipirinha, deitar um fascista na porrada, coisas simples que trazem um gostinho bom, sabe?

Começo a pular com a cadeira até ela cair e vou me arrastando feito um peixe até a parede que tem um prego grande. Tento tirar a fita com o prego, mas, aparentemente, algumas coisas só funcionam na Netflix. Ouvindo o barulho, Jeff entra e me ajuda a tirar as amarras. Ele está com um sorrisinho de "eu te avisei" na cara, sabendo que teria que me desamarrar mesmo prometendo que não iria fazer isso ontem.

— Lembra quando víamos filmes juntos na *Sessão da tarde*? – pergunta, massageando minhas mãos vermelhas pela pressão da fita.

— Sim... Era o que fazíamos depois de chegar da escola, né?

— Exatamente. – Um sorriso aparece no seu rosto, e a covinha salta. – Naqueles desenhos que a gente via sempre tinha o beijo de amor verdadeiro que quebrava as maldições e feitiços, né? – E dá uma piscada maliciosa.

— Ai, nego, mas não é isso... Ultimamente, você sabe que tô sendo mais romântico e tal, e continuo acordando cada dia com um *Divertidamente* diferente no comando das minhas emoções.

— Então, talvez você deva ser tipo aquele filme *Se eu fosse você*. Talvez se você se colocar no lugar de outra pessoa... Bem, talvez as coisas melhorem.

— Mas eu já estou no lugar de outra pessoa! – digo irritado. – Pelo que entendi, sou Sagitário hoje. Isso não é o suficiente?

— Não quis dizer o signo de outra pessoa, Lucas. Quero dizer ter empatia, não agir como... – ele coça a cabeça, procurando a palavra certa – ...bem, como um babaca, você sabe.

— E desde quando eu sou babaca? – Estou começando a ficar mais irritado.

— Desde que achou que pra ser respeitado tinha que ser um pé no saco, o que aconteceu mais ou menos na quinta série. Isso de você ser mais agradável é recente, amor, começou depois que os signos passaram a possuir seu corpinho.

— É, talvez eu seja difícil de mudar sozinho, sem maldições envolvidas. Se não vai pelo amor, vai pela dor – resmungo. – É o que meu pai sempre dizia.

— Ou se não vai pelo amor, vai pelo feitiço – responde com uma piscadinha. – Tenta, sei lá... fazer disso uma terapia. Talvez seja mais fácil do que não dormir, ficar amarrado e tal.

— Tem razão, amor. E é por isso que a minha festa de aniversário vai ser ma-ra-vi-las-sa! Vou fazer todo mundo feliz no meu aniversário. E pode apostar que eu vou entrar na casa dos trinta com a Pepita do meu lado! – Levanto, animado, enquanto meu marido aplaude.

Gaga nos dá um latido solidário, balançando o rabinho.

Tomo banho ao som das melhores músicas da Britney Spears, com direito a coreografia e tudo. Enquanto estou no meio da dancinha de "Toxic", Jeff grita, o que nos leva à frase:

– AI, MEU DEUS! ELA MORREU! LUCAS, CORRE AQUI!

Saio correndo do banho com uma toalha amarrada na cintura e os cabelos cheios de shampoo. Paro de repente, assustado com o que vejo: minha mãe está debruçada na mesa da cozinha, imóvel, com a pele cheia de pequenas manchas. Meu Deus, ela morreu... tão jovem...

– Mãe? Mãe? Fala comigo, mãe... – Abraço o corpo frio dela, e sinto uma lágrima escorrer pelo rosto. – Eu só queria que você soubesse que... que isso é... – Fungo alto. – Uma pegadinha do malandro! Adorei a brincadeira, mãe! – Toco no seu ombro, mas ela não reage. Eita. – Mãe? M-mãe? – gaguejo.

Começo a sacudir seu ombro, mas ela não faz nada, não abre os olhos, nada. Fico desesperado, chamo Mari e ela vem correndo. Chega ofegante em casa, carregando um kit médico. Quando Mari segura do pulso da minha mãe para verificar os sinais vitais, ela levanta a cabeça com tudo para trás e abre os olhos.

– Nossa, que ressaca! Será que não posso mais nem dormir em paz nesta casa? Ô Lucas, me traz logo um antiácido.

Uma mistura de alívio, pressão baixa e ardência pelo shampoo que caiu nos olhos me possui.

– Ô manhê, você quase matou todo mundo do coração! Achamos que você tinha morrido. Olha essas manchinhas no seu braço, achamos que era do cân...

– Meu Deus! Acho que tive reação alérgica ao maracujá. Me traz um antialérgico também, faz o favor – responde rapidamente.

Passado o susto, tomamos nosso café da manhã com calma. Minha mãe pergunta da dívida e digo que vai ficar tudo bem, já conseguimos uma parte mesmo, então não é nada de mais conseguir o resto. Mari me olha com a sobrancelha erguida, e me pergunta sobre o probleminha de personalidade. Respondo que eram só as vozes da minha cabeça brigando, que está tranquilo. Já dizia Rihanna em "Take a Bow": o prêmio de melhor mentiroso vai para... olha só!... para mim.

Dou um beijo apaixonado em Jeff antes de sair (não quebrou a maldição, viu, meninas?) e quando abro os olhos vejo Dandara me encarando. Levo um susto, faço o sinal da cruz e vou trabalhar. Cruz-credo! Antes de pegar o metrô (decidi ir de transporte público hoje), passo no bar e tomo três tequilas com sal e limão. Quero ver se esse feitiço funciona se eu estiver trêbado.

Já meio alegrinho, passo em frente ao antiquário e puxo papo com o senhor Aquino.

– Deixa eu adivinhar... hoje o senhor vai colocar uma escultura de Sagitário aí, né? Uma criatura metade homem, metade cavalo, com um arco e flecha na mão.

Ele ri com meu deboche e comenta:

– Mais ou menos, meu filho. Na verdade, hoje vou colocar um arco e flecha que recebi ontem, é importado da França, bem chique. – E me mostra o conjunto prateado, tão polido que até brilha. – Pra sua profecia se cumprir, é só um cliente cavalo aparecer para comprar essa peça. – E pisca, rindo.

– É só chamar a dona do bar ali do lado então, é tão delicada quanto um coice de mula – respondo, já gargalhando e alterado pelos shots. – Mas, vem cá, como é que você sabe o que colocar na vitrine todo dia?

Senhor Aquino pensa por um instante antes de falar:

– Ah, depende do dia. Hoje eu sonhei com um arco e flecha em chamas e quis colocar na vitrine, aproveitando os... Como é que vocês, jovens, chamam mesmo? Os "recebidos" de ontem – disse fazendo aspas com os dedos, achando divertido o termo. – E tem dias que nem preciso sonhar, a peça só pisca pra mim e eu sei que ela deve estar destacada.

– Nossa, me parece quase algo bíblico isso de sonhar com a peça...

– Pode ser que seja. Eu nunca sei qual efeito um objeto fará na vida de um cliente, às vezes é uma bênção, sabe. E, olha, sendo franco, meu filho, não sei se existe uma explicação para o que me faz colocar as peças na vitrine. Talvez seja acaso, intuição, destino... – Ele parece sonhador.

– Da próxima vez, sonha com os números da loteria e me passa, por favor! Não coloca na vitrine não, pelo amor de Cher! – imploro, dramático, fazendo ele rir.

Com essa saideira, pego o caminho para o metrô. Quando já estou quase na estação em que vou descer, reparo que a Maria Bethânia de Taubaté está ao meu lado, me encarando.

– Você precisa se colocar no lugar dos outros, Lucas. Só isso vai te tirar desse perrengue.

– Mas como... – começo, e logo sou interrompido, porque ela grita:

– Gente, o Lucas D'Angelo tá aqui dando autógrafo!

Ai, que inferno. Como em um episódio de *The Walking Dead*, uma multidão começa a se aglomerar em volta de mim e eu tento sair. Sou parido do meio deles até a estação que definitivamente não era a minha, e corro para pegar o elevador e me livrar daquele tanto de gente. Parecia que era Black Friday e eu era o último iPhone em promoção, fala sério.

Como não existe nada ruim que não possa piorar, encontro Glória, Pudim e uma funcionária da limpeza no elevador.

– Eu quero a minha Pepita de volta, seus babacas! – berro, e começo a bater nos dois com tapas descoordenados.

Glória dá falsetes e Pudim tenta manter a pose de machão, tentando proteger os dois. A moça da limpeza olha tudo com cara de quem queria estar vendo a novela em vez de estar ali. Só interrompo a briga assim que o elevador para do nada.

– Ah, pronto, amore! Agora estamos presos. Tá feliz, estressadinho? – Glória bufa. – Seu apelido deveria ser Dinho, porque nunca conheci alguém tão estressadinho, viu...

– As madames já acabaram ou querem continuar brigando até esta joça andar? – a mulher finalmente comenta, de braços cruzados.

Nós três suspiramos ao mesmo tempo, exaustos, e concordamos em parar de brigar.

– Sinceramente, eu não tô sabendo segurar as pontas com o negócio da dívida e da Pepita, mas fica só entre a gente, ok? – desabafo. – Não sei como vocês conseguem trabalhar pra um monstro como Vênus.

– Como se a gente tivesse escolha... – reclama Pudim.

– Ué, como assim?

– Uns cinco anos atrás eu estava passando por um momento... complicado, digamos assim – Glória fala de uma forma séria como eu nunca tinha ouvido antes. – Meus pais me expulsaram de casa porque eu sou trans, então tive que pedir dinheiro emprestado para Vênus para conseguir me manter e não viver nas ruas, o que era mais arriscado do que dever para alguém. – Ela parecia prestes a engolir o choro. – Só que virou uma bola de neve... Pudim também precisou de grana para poder ter a sua liberdade e ser um dançarino profissional. Isso se tornou um vício, sempre estávamos pedindo mais, até que chegamos ao ponto em que o único jeito de pagar ele era trabalhando como capanga. Ninguém queria contratar uma pessoa trans, e o mesmo acontecia com Pudim, porque ele queria ser dançarino e ninguém aceitava por ele ser homem e meio baixinho.

Cara, eu nunca pensei que eles tinham passado por tanta coisa. Quando Dandara falou pra me colocar no lugar do outro, não imaginei que seria doloroso ver outras realidades, outras lutas. Mas dói em mim saber que eles estão nessa vida de capangas porque precisam.

– Enfim, se eu tivesse escolha, seria uma cantora bafônica, e não capanga de Vênus – Glória choraminga, secando com a unha gigante e neon uma lágrima.

– Então vocês poderiam fazer uma boa ação e me ajudar a recuperar a Pepita, né? Já que não compactuam com o monstro que é o chefe de vocês.

– A gente nem sabe onde Vênus está, cara – Pudim responde. – Somos levados vendados para o cativeiro e Vênus sempre usa máscara e fala com aquela voz de Darth Vader.

– Que droga – comento, e meu pânico de ficar preso em elevadores começa a bater. – Quando vamos conseguir sair daqui?

— Só quando Jesus voltar — a mulher da limpeza responde.

Ah, pronto. Agora vou ter que esperar o apocalipse acontecer, rolar todo aquele arrebatamento de almas pra sair desse cubículo. Isso é karma, só pode.

— Amada? Como assim só quando Jesus voltar? Eu nem tô no look certo pra isso. E eu ainda nem terminei de ver todas temporadas de *Grey's Anatomy*! Ele não pode voltar antes de eu saber o que acontece na vigésima temporada — Glória se manifesta.

A faxineira vira os olhos. Olho seu crachá e está escrito Gabriela.

— Não é esse Jesus, seus doidos, é o senhor Jesus, o funcionário de manutenção daqui. Só Jesus tem a chave.

— Beyoncé do céu, é impressão minha ou rolou um momento Andressa Urach pastora aqui, amém? — reclama Glória. Sinceramente, Britto...

— Ai, Gabi, só quem viveu sabe... — cantarolo e rimos juntos.

Depois de meia hora, chega um cara forte que tenta nos ajudar a sair dali.

— Ele está entre nós — Gabriela comenta, apontando para o homem.

Em questão de cinco minutos está tudo resolvido, graças a Deus... Quer dizer, a Jesus.

— Eu sabia, desde que vi *O auto da compadecida*, que Jesus era negro — comento, aplaudindo o trabalho magnífico da divindade.

— Você foi a nossa salvação hoje. Shalom! — Pudim comenta, fazendo um gesto de namastê com as mãos.

— Ô bichinho, acho que você precisa estudar um pouco de religião, viu? Você fez uma *feat* agora que só Britney, Pink e Beyoncé fizeram naquele comercial da Pepsi – corrige Glória.

Foi só pisar fora do elevador que avistei a multidão de fãs novamente ali, sedenta. Resmungo e explico a situação para Glória e Pudim.

— Seguinte, monas, ninguém solta a mão de ninguém. Vamos fugir desse fuzuê – sugere Glória, me dando a mão.

Saímos como uma corrente viva do elevador e passamos o mais rápido que pudemos pelos fãs. Quando conseguimos despistar todos, agradeço o favor.

— Ei, obrigada pela ajudinha agora. Mas eu preciso perguntar: vocês estão torturando a Pepi? Porque eu não conseguiria ser amigo de pessoas que maltrataram minha gatinha. Não dá!

— Não, a gente só usou uns efeitos na câmera para ela parecer mais magra e umas maquiagens também, para parecer suja e com os ossinhos aparecendo – Pudim responde, firme.

— Eu jamais conseguiria machucar um animalzinho, nem sob comando de Vênus – Glória revela. – O que a gente faz é fingir que tratamos ela que nem lixo, até para o chefão, mas logo que ele sai a gente dá ração, água e brinquedinhos para ela. Já é um inferno ter que trabalhar como capanga, não quero adicionar maus-tratos aos animais no meu karma, não, amiga.

Ufa.

— Bom, então eu declaro com a minha varinha de condão que vocês estão *descancelados* por mim e podemos ser amigos. – Faço um gesto dramático. – Agora eu preciso de ajuda pra pagar essa dívida, pelo amor de Deus.

– Por que você não vem cantar comigo hoje na boate? Eu vou de drag, e lá começa umas dez horas, por aí. Consigo tirar uma grana boa, ainda mais toda montada. Talvez te ajude com a dívida – sugere Glória.

Pensando bem, não é uma má ideia. E eu nunca virei a noite toda acordado desde que essa loucura toda começou, então fazer isso talvez seja uma boa ideia pra tentar burlar o feitiço.

– Acho ótimo! Vou, sim – respondo, animado.

Me despeço dos dois e vou, enfim, trabalhar. Convido todo mundo do estúdio para meu aniversário, sendo essa a boa ação do dia, porque todo mundo sabe que as festas que eu dou são as melhores, né? Mesmo que eu passe fome e não consiga comer nem uma bolinha de queijo.

Hoje meus convidados especiais são a Mari e o Toni, que aparecem para falar de como é ter o primeiro estúdio de tatuagem especializado na pele negra e que se tornou um dos Instagrams que mais bombaram este ano, de tão lindo e organizado que é o *feed* deles. A fim de tirar sarro do meu amigo Edu, eu o levo para o palco (ele vai na livre espontânea pressão) e o convenço a colocar um piercing no mamilo (ele não queria nada no rosto nem na orelha porque diz que iria atrapalhar a encarnar seus personagens no RPG. Vai entender, né?).

A última vez que vi um homem chorar tanto foi quando assisti a *Titanic* com um amigo meu quando pequeno. Ele chorou tanto que demorou dois dias pra os olhos desincharem. Talvez esse amigo seja eu, mas vou dar o benefício da dúvida, tá bom?

Pelo menos Edu não tentou bancar o fortão que não chora. E se tentou, sinto muito, mas falhou miseravelmente. Acabo insistindo pra ele fazer uma tatuagem também. Ele reluta, mas topa um arco e flecha pequeno nos bíceps do braço direito. Prefiro não deduzir o motivo de ele ter o braço direito bem definido, mas, eita, não é de se jogar fora, não. Ele deve fazer levantamento de PlayStation, porque, olha...

♐

Saindo do trampo, dou uma ligada para a cerimonialista e resolvo mais detalhes da festa. Também dou um toque para Bia, para saber como ela está, e ela me pergunta o que farei hoje à noite. Com medo da reação dela em relação a minha performance como drag, acabo mentindo e digo que vou degustar alguns menus em um restaurante no Tatuapé. Ela fala que adoraria me acompanhar, mas está com preguiça de ir até lá só para isso. Ufa, essa foi por pouco. Era ela se convidar e a minha mentira seria descoberta.

Ao chegar em casa, convoco meu casal de amigos, Jeffinho e a minha mãe para ajudarem a me montar como drag, e é claro que usamos toda a nossa formação em quatorze temporadas de *RuPaul's Drag Race* para fazer a make e o look, né? Depois de algumas horas, me encaro no espelho com os cílios gigantes, a peruca branca e o vestido de glitter azul.

— *Misericrazy*, você parece a menina do *Frozen* versão gay no Carnaval! — Mari assobia.

– O que nos lembra de que você precisa de um nome de drag, né? – Jeff estala os dedos. – Que tal: Frô Zen? Tipo uma flor muito *good vibes*, de boa...

Todo mundo olha para ele com aquela cara de "essa é a sua melhor ideia?" e ele levanta as mãos, se rendendo:

– Tá bom, foi só uma ideia. Não dá pra agradar todo mundo mesmo. Nem Jesus conseguiu, que dirá euzinho – resmunga, na voz da Susana Vieira.

– Já sei! – dona Rosa bate palmas. – El Sasa! Tipo a Elsa, de *Frozen*, mas com mais safadeza e sangue latino!

– Isso parece nome de restaurante mexicano, cara – opina Toni.

– Olha, eu queria algo com trocadilhos, sabe... Algo cômico, talvez, meio sádico – sugiro, pensativo.

– Emma... Tomas – Mari formula um nome. – É isso! Emma Tomas: até o gelo queima. Isso vai pegar!

– Achei brega, amiga – respondo, mas deixo escapar um sorrisinho. – Adorei! Me chamem de Emma Tomas hoje. E o senhor Grey que lute!

– Agradeça a *50 tons de cinza* pelo nome! – Minha amiga brinda, pegando um vinho que estava na geladeira e colocando em uma taça que secava no escorredor.

↗

Nervoso, encontrando glitter em qualquer centímetro do meu corpo e sentindo que meu coração está na boca, eu chego na boate para performar. Logo dou de cara com Glória, que parece uma fada saída dos filmes da Barbie, porém mais no estilo *Gaga-ooh-la-la*.

Seu cabelo está rosa e comprido, caindo em cachos até a altura da cintura. A maquiagem é meio translúcida, meio violeta e branca, e o look é um body azul-bebê cheio de detalhes e bordados, com asas saindo das costas.

– Amiga, você tá maravilhosa! – grito, para que ela me escute por cima do som. – Hoje meu nome é Emma Tomas, então pode me chamar assim.

– O meu é Loco Chanel, toda elegância e loucura em um só ser de luz. – E manda um beijinho pra mim. – Me deixaram cantar hoje, então eu estarei a um passo de me tornar a próxima Lady Gaga.

– Por quê? – pergunto.

– Nunca viu o filme dela em que toca a música "Shallow"? Ela canta em uma boate gay antes de conhecer o boy que a ajudou a ficar famosa. Agora é só fazer um bom aquecimento vocal e acreditar que o Bradley Cooper vai estar ali me assistindo. Quebre a perna, Emma Tomas! – E pisca.

Até ali não a tinha visto tão animada e falante. Ainda é estranho pensar nela como amiga, mas vamos deixar isso como a minha tentativa de ser alguém melhor e perdoar os outros, né?

– Pensa que se você estiver em uma sala com cem pessoas, e noventa e nove delas não acreditarem em você, mas uma acreditar, essa pessoa vai ser o Pudim, com certeza – digo e aponto para ele, que está sentado na primeira fileira, balançando a perna ansiosamente.

Glória se abana para evitar que as lágrimas estraguem sua make perfeita, e eu a abraço, tentando deixá-la mais calma.

O show corre bem, eu fico mais fazendo pose e rebolando enquanto Loco Chanel faz tudo, canta, provoca o público. Ela me lembra daquela menina de *Chicago*, sabe? Toda sensual e cantando com a voz rouca. Tenho que admitir que ela é bem talentosa.

Depois que terminamos, ela está explodindo de felicidade, tem até uma aura mágica em volta do seu rosto.

– Lulu, obrigada, de verdade. Sei que não é fácil estar comigo... sabendo do meu ganha-pão, mas eu juro que vou compensar tudo isso. – Pega minhas mãos e beija.

– Tá tudo bem, amiga. Considere isso a minha boa ação do ano, talvez da vida – comento, fazendo-a rir.

– Falando em boa ação... Quem era aquele boy que você ficou aperreando pra fazer tatuagem no *Dazonze* hoje?

É impressão minha ou ela ficou vermelha?

– O Edu? Ah, ele é o cara do TI lá do estúdio – respondo casualmente, esperando a reação dela.

– TI? – Vira os olhos. – Tinha que ser mesmo. Sou LGBTIQIA+ desde os quinze anos.

– O que isso quer dizer? Lésbicas, Gays, Bissexuais, Trans e Intersexuais?

– Também, mas, no caso, quis dizer LGB e pessoas da informática mesmo, amiga. Aqueles nerdões que viram a noite jogando *The Witcher*.

Acho que ela percebe a surpresa no meu rosto, porque logo diz:

– Sim, Lucas, eu sonho com os padrõezinhos de quatro olhos que parecem que nunca falaram com uma garota antes, tá bem? Mas não sei se teria chance com o Edu. Já fui tão rejeitada que já me conformei apenas a viver um amor de quenga mesmo, seguindo os mandamentos da rainha Vittar.

– Só tem um jeito de saber.

Pego o celular e tiro uma foto linda dela e mando pro Edu com a legenda: "Cara, ela tá muito a fim de você". Um minuto depois vem a resposta, emojis apaixonados e uma frase: "Ela parece uma fada que acabou de sair de um RPG". Mostro pra Glória e ela fica toda sem graça, até tímida.

– Eu só... espero que ele me aceite... como eu sou.

– Amiga, se ele não te aceitar, quem sai perdendo é ele. Você é maravilhosa. – Aperto a sua mão. Sinto meu coração quente. É assim que se sente empatia?

Decido que vou fazer algo para poder ajudá-la, mesmo que só depois de pagar essa dívida e recuperar a Pepitinha. Seremos uma dupla dinâmica.

Perto da meia-noite, eu subo novamente no palco, bêbado pela segunda vez no dia, e fico cantando para os gatos pingados restantes. Acho que ali só lota mais tarde, talvez. Quando dá meia-noite, paro tudo, bocejo e pego a comanda do bolso.

– O quê? Cinquenta reais só em uísque e gim tônica? Jeff, você me deixou gastar tudo isso com algo que vai acabar na privada? – grito no microfone. – Absurdo, absurdo! Quem é que vai pagar essa conta aqui, hein?

– E lá vamos nós de novo – resmunga Jeff, segurando minha mão para eu não cair, mesmo que eu não precise de ajuda alguma para ficar de pé.

Saindo do bar, vejo Dandara parada no meio da rua, e ela me olha bem profundamente antes de dizer:
— Se você não resolver isso em três dias, vai ficar preso no feitiço para sempre. Corra — diz e bate no piercing.
Pisco forte, e ela some. Talvez tenha sido coisa da minha cabeça. Pesquisar: doenças que causam alucinação, prevenção e remédios. Mas agora eu realmente preciso dormir. Um homem de vinte e nove anos não pode ficar acordado até tarde sem que acorde moído na manhã seguinte. *Au revoir.*

10. CAPRICÓRNIO
Como eu fiz para sair do vermelho?

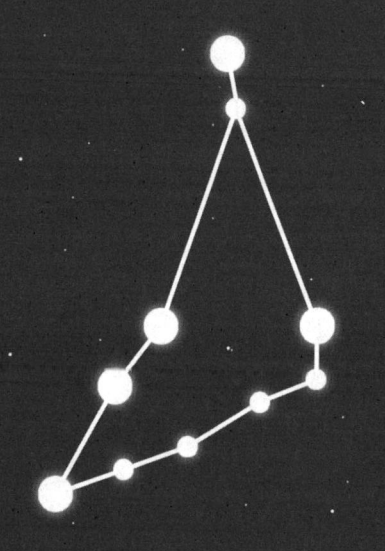

Durmo tão pouco que acordo a tempo de ouvir o galo cantar e uma ressaca me dar bom-dia. Que saco, hoje já começou com tudo dando errado. Era *tudo* de que eu precisava mesmo. Vou fazer um café e ver se essa dor de cabeça ao menos me rendeu uma grana da noitada de ontem.

Uau.

Se eu soubesse que ser drag podia dar dinheiro, tinha virado amigo da Pabllo Vittar anos atrás.

Aproveito e olho os rendimentos dos nudes, vejo o perfil com os acessórios à venda, confiro o grupo formado por só aqueles que estão me devendo e organizo tudo em uma planilha do Excel (eu nem lembrava que sabia mexer nisso!). Faço alguns cálculos e... falta arrecadar só 40% da dívida para eu ter a Pepi nos meus braços de novo e ficar livre desse peso na minha vida. Foco, Lucas, você só tem três dias para conseguir isso... O que quer dizer que preciso levantar uns 15% disso por dia... Meu pai amado, vou ter que vender os nudes do meu marido agora e fazer uma turnê com a Pabllo pra dar conta de tudo.

Me arrumo e vou pro trabalho, pretendendo chegar no horário pela primeira vez em semanas. Quando saio do hall do prédio e olho para o antiquário, reparo que o arco e flecha sumiram.

– Senhor Aquino, quanto tempo você deixa as peças na vitrine? – pergunto, quando ele vem limpar o vidro do mostruário.

– Todo dia tem peça nova aqui, então aquelas que são mais populares vendem rápido e acabam ficando um dia só. Se não vender, eu espero completar três dias pra devolver pro meio da loja e dar lugar a outras peças mais atraentes na vitrine.

Dizem que se não resolvemos um problema em três dias, a gente fica preso nele pra sempre – responde, limpando casualmente.

Ah, não. Isso me lembra de algo de ontem, mas minha cabeça dói tentando reconhecer o que era... Tinha a Dandara, isso sim, mas não consigo lembrar. Pisco e ignoro a sensação de *déjà-vu*.

– Hã, nunca ouvi falar disso antes, eu acho – retruco, nervoso. – E o que você vai colocar na vitrine hoje?

– É um porta-retratos feito com madeira egípcia. Foi importado, sabe, bem chique, olha só – diz e entra na loja, voltando em um instante com um embrulho de jornal meio amassado.

Quando ele tira a embalagem improvisada, pego o papel e vejo que é o horóscopo de Capricórnio. Viro os olhos e leio a dica que está ali: "Você anda muito preocupado com seus próprios problemas. Fique atento às pessoas ao seu redor que podem estar precisando da sua ajuda".

Lindíssimo o horóscopo de hoje. Pena que não dá pra comprar um pão com esse coach barato.

– Olha só, que lindeza! – Senhor Aquino ostenta o porta-retratos nas suas mãos, e devo dizer que é realmente lindo, todo trabalhado e envernizado.

– Uau, ele é maravilhoso! Como você escolheu ele? Sonhou com a Priscilla do filme *Priscilla, a rainha do deserto* e se lembrou do porta-retratos egípcio?

– Hoje não sonhei com nada, meu filho. Escolhi essa peça porque ela tá encalhada aqui tem meses, como metade da loja, praticamente. Na verdade, com essa crise o antiquário tá tão capenguinha, ô Lucas... – O rosto dele assume um ar triste. – Dá até vontade de fechar isso aqui, às vezes. É difícil, meu jovem.

Tá bom, Universo, eu entendi o recado. Eu tenho que ajudar ele, pagar a dívida, pegar a Pepita, dormir oito horas por noite e ganhar dinheiro para poder ajudar todo mundo, incluindo a mim mesmo. Vou até fazer uma checklist. Só espero fazer isso tudo antes do prazo, porque se eu não fizer...

– E se eu pudesse te ajudar de alguma forma? Não posso comprar todo o seu estoque porque tô bem endividado, mas posso te divulgar no meu programa de TV. Posso te levar pra lá amanhã. Você fala do antiquário e conquista novos clientes. Leva alguns itens, faz seu jabá. Tenho certeza de que você vai vender muito. O que acha? – sugiro, fazendo seus olhinhos brilharem.

– É sério? Você pode mesmo fazer isso por mim? – Senhor Aquino quase chora.

– Claro, senhor Aquino. É pra isso que servem os vizinhos, não é?

– Eu fico muito honrado, meu filho – comenta com os olhos marejados. – Mas o que eu faço de mais supimpa não é ser dono do antiquário, e sim ser um Mediquinho.

– Mediquinho? – pergunto, porque nunca ouvi falar disso antes.

– É uma trupe de pessoas que se vestem como palhaços para alegrar quem está nos hospitais. Trabalho com isso há mais de dez anos já, e nada poderia me deixar mais feliz do que poder divulgar essa galera do bem na TV! – explica.

Olho o relógio e vejo que estou quase atrasado pro programa, então o corto rapidamente e digo:

— Ótimo, pode falar deles também, se quiser. Mas eu realmente preciso ir agora, tá bom? A gente se fala mais tarde. — E saio correndo, para não perder meu horário.

No metrô (vamos economizar, né?), penso que uma boa forma de arrecadar uma parte do que falta da dívida é pedindo o meu décimo terceiro salário para o meu chefe, e é o que faço assim que piso no estúdio. Infelizmente, ele não reage como eu achei que reagiria.

— Olha, Lucas, tenho que admitir que ultimamente você tem parado com o negócio dos assédios e anda menos estúpido com os convidados do programa. Mas só ontem tivemos quatro pessoas da equipe de música se demitindo devido à sua irritante teimosia para que eles fizessem tatuagem com o seu casal de amigos. Sabe o quanto isso custa pra mim, Lucas? Custa bem mais do que seus sapatos chiques parcelados em vinte e quatro vezes.

— Mas, chefe, eu não tinha controle sobre como eles iriam agir com a minha brincadeira — tento argumentar. — Acredite, o que eu mais queria era ter controle sobre tudo e evitar esse prejuízo. De verdade.

— Pois é, mas você não tem, e eu ainda tenho que pagar os direitos deles. Sugiro que venda suas roupas chiques, porque da minha parte não poderei te dar um centavo a mais. E é bom que você fique na linha, Lucas, porque eu não vou hesitar em te demitir se você continuar assim.

Ai, que ótimo começar o dia com uma coça do meu chefe. É bom que eu fique pianinho, porque eu realmente não posso perder esse emprego. Não posso!

— Sim, chefe, você tem razão. Eu vou melhorar, e eu também, hã, queria propor trazer um convidado com um emprego inusitado, para animar a plateia. Tenho um vizinho que trabalha em um antiquário e é um palhaço dos Mediquinhos. Ele é uma figura. Talvez ajude a cortar um pouco essa torta de climão que está no programa, né?

— Humm, interessante. — Ele arruma a postura, interessado. — E qual seria o nome dessa figura?

— É o senhor Aquino. Não sei seu primeiro nome. Mas pode deixar que pergunto pra ele e te passo certinho depois.

— Ok. É bom que ele traga boas energias, D'Angelo. Você tá na corda bamba comigo, garoto — avisa, intimidador.

Pepita, câncer da mãe, dívida, emprego por um fio. A minha lista de pendências tá quase virando uma lista de supermercado de tão grande. Ninguém merece.

Hoje, no programa, entrevisto um empresário bem Roberto Justus, e já pego várias dicas de investimentos e economias para aplicar na minha vida e no antiquário do senhor Aquino. Anoto tudo.

Uma das coisas que ele falou foi sobre corte de gastos desnecessários, e de cara já me lembro da minha festa de trinta anos que está quase chegando. Talvez fazer uma superfesta não seja a melhor opção. Quem sabe um almoço simples para os meus amigos? Ou o clássico cachorro-quente-e-Guaraná da infância?

Encontro Bia no estacionamento do estúdio e conto a mudança de planos, e que agora ou é algo simples ou não haverá festa, porque não tenho o mesmo cacife que a família dela.

Quando ela pega o celular para fazer as contas na calculadora, outro aparelho cai no chão.

– Amiga, eu sabia que você era rica, mas ter dois iPhones de dez mil reais ultrapassou a minha imaginação agora – comento.

Ela parece incomodada.

– Hahaha. Pra sua informação, um é pra empresa, para atender os clientes que desejam encomendar nossos produtos, e o outro é para os meus contatinhos. Meu pai decidiu me dar um celular para trabalhar porque um dia... Bem, talvez eu tenha mandado um nude em vez de um orçamento para uma cliente, que era bem gostosa, ainda por cima. – Ela dá uma piscada.

Fico chocado e começamos a rir.

– Ter um celular só pra mandar nude é genial, amiga. Mas, falando da festa, terei que tomar atitudes drásticas.

Pego a minha carteira, tiro cinco cartões de crédito, quebro e jogo no chão, piso, pego o isqueiro e tento queimá-los um pouco. Bia fica surpresa e promete que pagará um rodízio de sushi pra gente quando eu tiver um tempinho, para me desestressar. Me dá um abraço e diz que me ajuda a falar com a cerimonialista para fazermos algo mais modesto.

Digamos que ela não gostou muito de saber que fomos de um festão para um almoço para cinquenta pessoas, mas fazer o quê, né? Pelo menos decidi que seria à fantasia. Achou ruim, flor? Paga a festa pra mim, então, porque o meu kit gay ainda não chegou com o pagamento deste mês.

Chego em casa e separo mais roupas, sapatos, acessórios para vender, seguindo o conselho do meu chefe. Jeff faz o mesmo e anunciamos tudo no perfil que já tínhamos criado no Instagram, usando Toni de modelo.

Depois de postarmos todas as peças, sinto o meu celular vibrar e vejo que Vênus está me ligando. Atendo com um aperto no coração, e vejo Pepita no colo de Glória. Engulo o choro e tento demonstrar frieza.

— E-ela tá bem? – gaguejo.

Glória olha para Pudim, indecisa, e engole em seco.

— Lucas, eu preciso te contar que Vênus na verdade é...

— Você cala a sua boca! – A voz distorcida grita e um revólver é apontado para Glória.

Meu coração palpita rápido. A ligação cai e eu derrubo o celular no chão, tremendo. Jeff vem me consolar, tão assustado quanto eu. Beija o topo da minha cabeça e diz que vai ficar tudo bem em breve. Me pergunto: *Em breve quando?*. Mas não digo nada. Se eu falar alguma coisa, choro, e é última coisa que quero fazer agora.

Quando meu celular vibra novamente, eu temo o pior, mas é Bia me chamando para o rodízio de sushi que prometeu, pois viu que hoje o restaurante Peixe Fuzila's está com desconto. Recuso na lata, pois não quero que ela me veja no meu estado atual.

Penso que há somente uma pessoa me aturando desde o começo desse pesadelo: Jefferson. Tenho medo de que eu acabe estragando tudo com ele, por estar tão surtado ultimamente. Enquanto fico nessa noia, vejo que minha mãe – que eu noto agora, passou mais um dia todo fora – chegou e trouxe pastel de queijo (minha comida favorita) com caldo de cana para mim. Disse que sentiu que eu iria precisar de um mimo hoje para me animar.

Isso me dá forças para criar coragem de procurar uma terapia de casal (on-line e de graça, né, meninas? Pois tô sem dinheiro...) para mim e Jeff fazermos.

– Amor, sinto que precisamos nos alinhar para não acabarmos nos separando, diante dessa situação toda da maldição – digo, com cautela, para o meu marido.

– Separar? Da onde você tirou que eu quero me separar? – responde ele, comendo um grande pedaço de queijo que se esticava para fora do pastel fumegante.

– Bem, considerando que cada dia sou possuído por uma pessoa diferente, achei que podíamos fazer uma terapia para nos ajudar a lidar com toda essa loucura, porque pode estar te afetando também, né?

– Fácil não é, denguinho. Mas eu topo fazer essa terapia pra gente relaxar um pouco. Amanhã você vai estar... Um segundo... – Ele pega o celular e pesquisa algo rápido. – Ah, sim, aquariano, e só Deus sabe o que virá.

Considerando isso um sim, levanto e preparo nosso quarto para a melhor terapia que achei no YouTube. Uma tal de pescotapa terapia. Ao menos é de graça, né?

– Funciona assim: a gente faz perguntas um pro outro, se bate e grita para aliviar toda a tensão entre nós – explico pra ele. – Pode começar, nego.

Ele arruma a postura, coça a garganta e dá início:

– É verdade que você me beijou na quinta série por uma aposta com o Ricardinho de que eu não iria te bater até você ficar roxo?

– Sim, mas eu ganhava vinte pila se você não me batesse, então valeu a pena – digo.

Antes de respirar, recebo o tapa de Jeff. Começamos a rir, eu com o rosto formigando e ele com a mão vermelha. Finjo que não doeu.

– Você já ficou com alguma menina para me deixar com ciúmes? – pergunto.

– A Susi, no primeiro ano do ensino médio. Mas eu fui o primeiro beijo dela e ela meio que nunca me superou, então foi um tiro no pé. E nessa época não adiantou nada porque você estava tentando se convencer de que gostava da Jennifer, não de mim. Mas, quando o mel é bom, a abelha sempre volta, né? – comenta e dá uma piscada.

Finjo estar chocado e dou um tapa nele.

– Ok, minha vez de novo. Eu sei que, antes dessa maldição toda, nosso casamento não estava na sua melhor fase. Você trabalhando muito, eu sempre ocupado... Por acaso você já... você sabe... me traiu? – Sua voz dá uma falhada.

Suspiro alto antes de responder:

– Nunca cheguei até o fim. Sempre amei o flerte, os olhares, isso de ser conquistador... Mas nunca consegui fazer nada além disso, nada além de cantadas horríveis – admito, com vergonha. De repente, essa terapia ficou séria e a festa virou um enterro. – Sempre que marcava para rolar alguma coisa, eu desmarcava em cima da hora. Sentia tanto nojo de mim que não conseguia me encarar no espelho depois. Sabia que, se eu fizesse uma vez, era um caminho sem volta e teria que correr o risco de te perder. E isso era... um pesadelo, só de imaginar você indo embora, com razão ainda por cima – confirmo, desentalando mágoas de anos.

Quando levanto a cabeça, vejo lágrimas nos meus olhos e nos dele. O tapa que veio foi tão suave quanto uma pluma, mas senti as lágrimas caindo com o impacto.

– Já que estamos abrindo o jogo, queria saber se nesse período de turbulência, digamos assim, pelo que estamos passando, você já pensou em me largar, depois de tudo que eu tô te fazendo viver – pergunto, sentindo a lágrima quente que quer sair, mas não deixo.

– Não, nem uma vez – admite Jeff. – Se eu te largasse, quem iria cuidar do Mingau, da Gaga e da Pepi? Você nem sabe trocar a caixinha de areia dos gatos – diz, tentando me fazer rir, e me tira um sorrisinho. – Isso tudo me deu certeza de que precisávamos passar por isso para nos redescobrimos e nos aventurarmos juntos. Fiquei tão feliz quando me chamou para ajudar a investigar tudo isso. Foi como os velhos tempos de infância, foi como reviver um amor adormecido. – Agora ele parece envergonhado, e um cacho cai em seus olhos.

Me aproximo, tiro o cabelo do seu rosto e, ao invés de dar um tapa, dou um beijo. Sinto meu coração se aquecer, e no momento seguinte estamos abraçados, em silêncio, ouvindo o coração um do outro batendo. Ficamos assim um bom tempo, e me sinto tão em paz que nem parece que existe um mundo lá fora, uma dívida, uma gata raptada, uma mãe com câncer, um emprego quase perdido. Nada disso importa agora.

Assim que nos desvencilhamos (bateu a dor nas costas, né?), olhamos o Insta e vemos que já vendemos quase todas as peças. Ao fazer as contas, notamos que faltam apenas 20%

da meta para pagar a dívida. Pegamos um espumante na cozinha e comemoramos, e eu sinto forte no meu coração que, de uma forma ou de outra, as coisas vão dar certo. Afinal, não estou sozinho – somos eu e Jeff contra o mundo. E o resto que se exploda.

11. AQUÁRIO
Desde quando todo capítulo precisa ter título?

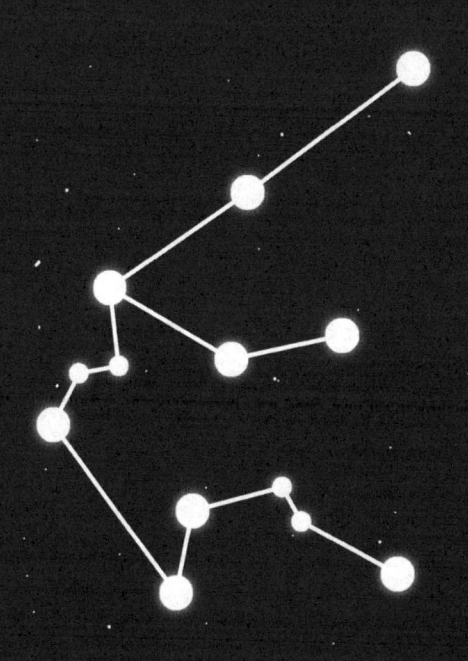

Por que eu sempre tenho que começar contando como o dia começou? Não, não, vamos mudar isso, senão vocês vão se entediar e isso aqui vai ficar previsível. Vamos apenas dizer que tudo acaba em pizza e ignorar a tempestade pesadíssima que cai lá fora.

Mas se vocês realmente querem saber o que aconteceu, eu conto, tá bom?

≈

Depois de tudo aquilo que vocês já sabem que aconteceu (acordei, estava diferente de ontem, Jeff teve que lidar com isso etc.), eu vou chamar o senhor Aquino para lembrá-lo de que hoje, mais tarde, ele vai para o *Dazonze*. Bem, para a minha surpresa, ele não está sozinho na loja como sempre. Na verdade, eu conheço muito bem quem estava ali com ele.

Quando olho para a vitrine do antiquário, penso estar assistindo ao filme *Ghost, do outro lado da vida*: enquanto o senhor Aquino pega um vaso de cerâmica, a minha... minha mãe o abraça por trás, segurando suas mãos enquanto ele muda o objeto de lugar. *Não entendi, não faz sentido. Não tem lógica. Minha mãe e meu vizinho? Meu vizinho e minha mãe?*

Pisco, assustado, enquanto observo os dois moverem os objetos de lugar, juntos, como uma coreografia ensaiada. Depois, entendo o porquê: por uma fresta da vitrine está entrando água da chuva, que molhava tudo o que está exposto nas prateleiras.

Minha mãe até está de galochas e com uma capa amarela de chuva. Tudo está ficando inundado, e até o senhor Aquino está encharcado. Eu não via chover tanto desde... Acho que desde aquela tempestade severa que matou os pais do Tarzan na animação.

Limpo a garganta, fazendo um barulho alto para chamar atenção dos dois, que se viram, levando um susto e quase derrubando uma escultura de mármore.

– Bom dia, meu filho. Faz tempo que tá aí parado na chuva? – pergunta o senhor Aquino, na maior naturalidade.

– Uns dois minutos, senhor. Vejo que conheceu a minha mãe – respondo, cruzando os braços.

– Sim, querido, eu vim correndo para cá quando vi o pé d'água que caía. A estrutura daqui não suporta uma tempestade dessas, não é, bonequinho? – responde dona Rosa, acariciando a bochecha do senhor Aquino.

Franzo a testa quando escuto o apelido carinhoso.

– Pois é, bonequinha, hoje você que vai ser a patroa desse "antiaquário". Ainda bem que já te ensinei tudo de que precisava para você cuidar do meu cafofo – fala e tira o boné que está usando, colocando-o na minha mãe, fazendo um carinho rápido no nariz dela.

– Eu perdi alguma coisa? – pergunto, apontando para os dois.

– Perdeu, meu jovem. Perdeu essa moeda atrás da sua orelha – diz o senhor Aquino, fazendo o truque de mágica mais antigo do que a rainha Elizabeth.

– Deixa pra lá. – Viro os olhos. – Te vejo no *Dazonze* hoje às onze horas?

– Pode deixar que estarei lá. Vou até passar um creme para essa careca ficar brilhando que nem os olhos da minha Rosa rara, não é mesmo? – E pisca para minha mãe, que dá um sorrisinho tímido.

Engulho a vontade de vomitar que sinto diante dessa cena. Eca!

Minha mãe é mesmo louca, tendo câncer e estar tão exposta a essa chuva, podendo pegar uma pneumonia e morrer. Correndo esse risco por um semidesconhecido, um mero vizinho por quem ela parece ter uma quedinha? Tem alguma coisa aí que não está se encaixando.

Volto para o apartamento e descubro que não quero mais ser apresentador. Pra que isso, se tudo um dia muda e sua mãe deixa de ser viúva para namorar seu vizinho?

– Nego, eu quero virar um Mediquinho – comento com Jeff, que acaricia Mingau no seu colo.

– Medi-o quê? – pergunta, levantando uma sobrancelha.

– Quinho. Mediquinho. É tipo você virar um palhaço que alegra pessoas internadas em hospitais. O termo surgiu nos anos 1990, quando Robinson, seu criador, visitou seu avô no hospital e viu como ele estava triste e desanimado. Então ele começou a se fantasiar para tirar umas risadas do velho, e aquilo funcionou. Uma coisa levou a outra e hoje existem mais de dez mil Mediquinhos no Brasil. Você acredita, amor?

– Calma aí, senhor Wikipédia, foi muita informação pro meu cérebro, que até então estava só aquele macaquinho batendo palma. – Ele massageia as têmporas. – Muita informação para as oito da manhã, baby. Não entendi por que você quer virar o Bozo aos vinte e nove, quase trinta anos.

Mingau mia em apoio a Jeff.

– Porque eu tô cansado de ter um trabalho inútil para os outros, por isso – desabafo, irritado. – O que eu trago de bom pros outros, além de humilhar os entrevistados ao vivo? Eu sou inútil ao meu país. A última vez que fiz alguém rir foi quando virei meme.

– Não seja tão duro consigo mesmo, Lucas – ele em consola, pegando na minha mão. – Você realmente acha isso ou só é a maldição de Aquário de ter noia com tudo?

– Eu não sei. Mas acho que tem uma pontada de verdade. Isso de se colocar no lugar do outro me fez pensar que eu passei tempo demais querendo ser o centro de tudo, sabe? Talvez agora eu queria focar em coisas mais importantes do que ter roupas de marca e festas de arromba, entende?

– Entendo perfeitamente, amor, mas você pode manter seu emprego com outra postura e ajudar as pessoas de outra forma. Não tem ninguém que você conheça que precise de alguma mãozinha que você possa oferecer? Você tinha comentado da Glória e daquele Suflê...

– Pudim – corrijo. – O nome dele é Pudim. Na verdade é Caio, mas isso é outra história. Mas, sim, eu acho que posso... tentar livrá-los da garra de Vênus, se eu conseguir descobrir quem é esse cara de uma vez.

– Por que você acha que é um cara? – Jeff pergunta, me deixando sem reação.

– Meu Deus. Você acha que pode ser uma mulher?

— Ué, Vênus é uma deusa, não um deus. Faz mais sentido. Mas também pode ser um homem, de qualquer forma. Embora gênero não importe agora, porque ainda temos que pagar uma dívida.

— Deixa eu ver aqui como estão nossas finanças.

Pego o celular e acompanho as planilhas, as transferências e...

Ai.

Meu.

Deus.

— BATEMOS A META, JEFF! NÃO ACREDITO! – grito, pulando da cadeira.

Jeff grita também e começamos a dançar juntos, então nos beijamos e batemos os quadris, gesto que fazemos desde pequenos. Ele me pega pela mão e me gira, e me imagino com uma saia no estilo do filme *A noviça rebelde*.

Rodamos até cair no sofá, rindo até a barriga doer. Fazia tempo que não me sentia tão aliviado. Até Gaga vem se deitar conosco, lambendo meu rosto e batendo o rabinho. Mingau se enrosca na perna de Jeff e ronrona alto. Na TV, Beyoncé grita "Love on Top" a plenos pulmões. Nem parece que lá fora o mundo cai em uma chuva torrencial.

— Amado, precisamos comemorar! Vamos pedir uma pizza mais tarde? – sugere Jeff.

— Vaaaaamos! E já coloca o vinho para gelar e vamos inaugurar aquelas taças de casamento que nunca usamos porque nunca tínhamos a oportunidade certa. Mas agora eu realmente preciso ir pro trampo, nego – eu me despeço, dando um beijo rápido na sua testa.

Pego o elevador para o térreo, sabendo que o carro que vai levar a mim e ao senhor Aquino já chegou.

Entro correndo no carro para não me molhar muito, e vejo de relance que meu vizinho está sentado atrás do motorista, então me sento no banco do carona, na frente. Fico concentrado limpando as gotas de água da minha camisa, quando sinto um cheiro forte e familiar. Seria o perfume do motorista?

Não, não pode ser. Mas de onde é que eu conheço esse cheiro? Tem que ter alguma explicação, cara.

— Moço, esse cheiro estranho que está no carro é de algum aromatizador que você colocou? É meio familiar pra mim – pergunto, intrigado.

— É o cheiro da minha maquiagem – é o senhor Aquino que responde.

Eu me viro para olhar para ele. Não, ele não virou uma drag superproduzida. Ele virou um palhaço com o rosto branco, um nariz vermelho e sombra azul nos olhos, as bochechas cor-de-rosa e os lábios grossos vermelhos. Um jaleco branco está por cima da camisa de bolinha.

— Eu tô naquele pesadelo que eu tinha na adolescência, em que olho pra trás e tá o Pennywise de *It, a coisa* me encarando, ou você realmente está fantasiado de palhaço?

— Senhor, eu morro de medo de palhaço. Por favor, não me mate, eu tenho uma família para sustentar, moço – o motorista protesta, morrendo de medo.

— Sou palhaço, mas não assassino, meninos – responde com pompa o senhor Aquino. – Só quis ir de Mediquinho para a entrevista.

– Ah, claro, entendi – falo, seco. – Falando nisso, preciso que você assine alguns documentos para que possamos usar a sua imagem no programa hoje. Assina nesta linha aqui – peço, mostrando o papel que entrego para ele.

Senhor Aquino tira uma caneta em formato de flor do bolso do jaleco e preenche rapidamente. Quando me devolve o papel, está escrito "C. A.". Eu já não li isso antes, em algum lugar? Acho estranho e leio com atenção:

C. A.

César Aquino

Espera... Então o C. A. das cartas da minha mãe não era de câncer, e sim de César Aquino. Isso quer dizer que eles estão... namorando?

– Cara, você tá namorando a minha mãe? – pergunto, confuso.

– Posso dizer que ganhei na loteria só por poder responder que sim, meu filho. Eu e a sua mãe estamos...

– PARA, NÃO FALA MAIS NADA! A MINHA MÃE NÃO PODE ESTAR NAMORANDO!

Não aguento escutar isso e preciso tirar a prova. Ligo pra ela.

Depois de três toques, ela atende:

– Oi, filho. O que houv...

– Mãe, você tá namorando o senhor Aquino? – atropelo a fala dela.

– Filho, achei que você soubesse a essa altura do campeonato – responde, um pouco surpresa. – Ele só me deixou cuidar da loja porque estou há meses acompanhando a rotina dele de perto e, claro, observando todo o seu talento como dono e empreendedor...

— Mas, mãe, eu achei... achei que você estivesse com câncer — mal consigo falar isso em voz alta.

— CÂNCER? De onde você tirou isso, menino? Meus exames estão ótimos.

Suspiro. Não quero lembrar.

— Longa história, mãe. Fico feliz que você esteja bem. Mas você tá se cuidando? Você está, você sabe...

— Usando preservativo? Credo, nunca achei que fosse você que iria me dizer isso. — Começa a rir. — Eu sou uma mulher crescida, filho, e sim, estamos nos cuidando.

— Espero que fique feliz, mãe. Só não engravida, porque eu não estou preparado pra ter um irmão mais novo — digo, tentando amenizar meu susto.

— Querido, a fábrica dele está fechada e a minha nem funciona mais. Fique tranquilo.

— Tá bom, mãe. Beijo, te amo — me despeço e desligo.

Esse dia cada vez fica mais louco.

— Hã, senhor Aqui...

— Pode me chamar de César, filho — me interrompe.

— Certo, senhor... César. Espero que você cuide bem da minha mãe. Eu não sei muito bem como reagir, mas tô tão aliviado de ela não ter câncer, que o que vier é lucro.

— Ah, meu jovem, ela nunca esteve tão saudável. O amor faz bem pra saúde — diz, tira um remédio do bolso, o Paixonistismos Gravis, e me entrega. — Nos viciamos nesse remedinho e agora é tarde demais para ler a bula.

– Meu Deus, que piada péssima – respondo, mas não consigo não rir com essa piada de pai. Então é assim que é ter um padrasto?

≋

Quando finalmente chega a hora da entrevista, sou obrigado a engolir minhas dúvidas e faço o meu melhor para disfarçar meus sentimentos. Logo descubro que é impossível ficar irritado muito tempo com o senhor Aquino, e ele é tão carismático que o público não para de rir e soltar "owns" por acharem ele muito fofo.

Ele conta que de dia trabalha no antiquário e de noite faz plantão de Mediquinho na ala de Dermatologia do Hospital das Clínicas. Será que foi lá que ele se aproximou da minha mãe?

Assim que o programa acaba, Edu vem todo eufórico atrás de mim, os óculos batendo no rosto enquanto ele corre, sem fôlego.

– Lucas do céu, eu de.. co... di... fi... quei – diz, pausando entre respirações pesadas – a voz de Vênus.

– Sério? É homem ou mulher?

– Bem, na verdade o computador está removendo a distorção até agora. Deve ficar processando até amanhã de manhã, no máximo. Acredite, eu cheguei na camada da deep web da internet para conseguir achar esse software. Quem quer que esteja por trás dessa voz, entende muito de tecnologia – comenta, jogando um balde de água fria em mim.

– Ah... Ok. Obrigado pelo esforço, Edu. Só nos resta esperar até amanhã, né? Bem no meu aniversário – resmungo.

Enquanto desço as escadas, indo pegar um lanche na cantina, vejo Dandara me encarando perto do último lance. Ela diz, quase sussurrando, que amanhã é a data final para eu quebrar a maldição, bate no piercing e sai quase correndo.

O que me lembra de que eu preciso descobrir logo qual é a dessa tal maldição. Pego uma coxinha e um Guaraná, e vou comendo até chegar à biblioteca do estúdio. Entro na área que só tem livros sobre misticismo e pego dez livros de uma vez para ler na mesa redonda que tinha ali perto das prateleiras.

Uma menina bem novinha está sentada ali, lendo um livro intitulado *Zodíaco de A a Z*. Espero que ela possa me ajudar.

– Oi – sussurro, fazendo-a se assustar. – Desculpa te incomodar, mas você pode me ajudar com isso de signos? Eu ainda não sei se isso existe mesmo ou é só uma pseudociência sem comprovações verídi...

– Você só pode ser de Aquário, aposto – responde, virando os olhos. – Eu sou a Alexandra, mas pode me chamar de Alex. O que você quer saber?

Explico para ela toda a história da maldição e ela me olha, entediada. Eu não suporto adolescentes, pelo amor de Deus.

– Deixa eu ver se entendi: a Maria Bethânia te amaldiçoou a ter um dia como cada signo porque você era muito babaca e não sabia tratar as pessoas como pessoas, em vez de tratar feito lixo? – pergunta. – E por você ser burro e ter se endividado com um agiota qualquer, sua gata foi raptada e agora sua mãe está estranhamente em estágio terminal enquanto pega o seu vizinho péssimo em trocadilhos?

– É basicamente isso mesmo – concordo, contrariado.

– Cara, você é muito burro.

– Dá pra gente focar na astrologia, por favor? Eu achei que você parecesse com a fase emo da Avril Lavigne e nem por isso eu falei.

– Tá, que seja. Você é esquisito. – Vira os olhos. – Bem, você está no auge do seu inferno astral, já que seu aniversário é amanhã. Você devia ter visto aquele menino que faz vídeo de signo. Ele sempre esclarece essas coisas. E é muito gato...

– Nem sabia da existência dele. E ele gosta de Aquário?

Ela faz uma careta e coça a cabeça.

– É... bem, deixa pra lá. Vamos ao que importa, que é o fato de que amanhã você acorda como Peixes e vai precisar resolver essas tretas todas antes de dar meia-noite, senão...

– Senão o quê?

– Senão você pode ficar preso pra sempre nesse rolo de cada dia ser um signo diferente, *dã*. Isso é óbvio. Amanhã tem que ser seu último dia, você não tem escolha.

– Então tem que ter alguma forma de quebrar isso que eu não sei – comento, me sentindo miserável.

– O que a Dandara disse mesmo antes de bater no piercing?

– Acho que era algo sobre eu só conseguir sair desse inferno astral quando me colocar no lugar do outro... Algo assim.

– Então você já sabe o que tem que fazer – respondeu Alex. – Agora, se me der licença, eu preciso terminar este livro. Boa sorte, cabeçudo – diz e volta a focar os olhos nas páginas que está lendo.

♒

Chego em casa e minha mãe não voltou ainda. Pra variar.

— Quer que eu vá lá embaixo chamar ela? — pergunta Jeff. Suspiro.

— Não precisa, deixa ela lá. Minha mãe também merece ser feliz, mesmo que com um palhaço — respondo.

Pedimos pizza e chamamos Toni, Mari e Eduardo (sim, o Edu do TI). Aproveito ao máximo esse tempo com meus amigos porque realmente não sei o que pode acontecer amanhã. Só Deus sabe o que me aguarda.

Com saudades da Pepita, nós vamos até o altar que eu tinha feito para ela e mandamos nossas melhores energias, esperando que esteja feliz onde estiver, miando com a barriga cheia.

Enquanto atacamos o sorvete de sobremesa, Edu me pergunta, sorrateiramente:

— Onde está aquela sua amiga, Glória? Achei que você ia chamá-la hoje.

Ah, Edu, seu safadinho.

— Não chamei a Glória porque ela tá trabalhando agora de noite — minto. — Mas pode deixar que eu a chamo na próxima, já que ela é sua crush.

— Ela não é minha crush! — Edu protesta com as bochechas rosadas. — Ela é minha musa, é diferente...

Rimos e criamos o casal Edulória/Glóredu, então comentamos a noite toda sobre como eles combinam.

— Você recebeu mais alguma ligação de Vênus? — Edu pergunta enquanto toma vinho.

Explico para ele como a última ligação foi bem tensa, com revólver e tudo. Deixo escapar que era para Glória que o revólver estava apontado e Eduardo se treme de susto e preocupação. Ele se levanta rápido da mesa e já pega seu notebook.

— Cara, você realmente leva seu PC para um jantar na casa de um amigo? — Toni pergunta.
— Sim, porque nunca se sabe. — É a resposta de Edu.
Ele se oferece para baixar do meu celular a videochamada e eu topo. Em poucos instantes, estamos todos vendo a ligação que me causou arrepios na tela do computador.
Vimos, no mínimo, cinco vezes, procurando detalhes que possam ter passado despercebidos. Na sexta vez, Mari repara em uma sombra estranha que se projeta na camisa de Glória.
— Amigo, você viu que quando ela se mexe um coração rosa aparece na camisa dela? É só nesse segundo antes de o revólver aparecer que dá pra ver, olha só — diz e volta o vídeo.
É verdade: quando o foco de luz fica nela, um coração aparece projetado na sua camisa, e logo sai. Mas aquele formato meio quadrado, em rosa-pink, é familiar...
Cutuco Jeff.
— Amor, isso não é meio familiar... meio nostálgico?
— Terrivelmente familiar... — Ele engole em seco. — Porque a última vez que vi esse coração foi no vitral daquela fábrica da nossa infância, a Afrodite.
— Mas não pode ser, a fábrica fechou há anos! — Fico intrigado.
— Vênus deve ter achado um jeito de burlar as regras e entrar na propriedade — Edu comenta.
— Gente, Afrodite e Vênus são a mesma pessoa, em culturas diferentes — Mari raciocina. — Talvez o agiota já tenha se batizado com o nome do QG dele.

– Se já sabemos onde está a Pepita, vamos pra lá agora! Só Deus sabe o estado em que minha gatinha está. – Eu me levanto, mas sou impedido por Jeff.

– Amor, não podemos ir agora. Há uma tempestade de raios lá fora, não é seguro sair.

– Ele tem razão, não podemos arriscar. Vamos amanhã, ok? A Glória e a Pepita precisam de nós – disse Edu.

– E o Suflê – fala Jeff.

– É Pudim – respondo, corrigindo.

Nos despedimos dos nossos amigos e nos deitamos, exaustos. Temos dificuldade para pegar no sono, mas ao menos Jeff e eu dormimos com a certeza de que temos um ao outro.

No meio da noite, ouvimos os passinhos da mamãe pela casa. Ao menos alguém vai dormir como um bebê hoje.

12. PEIXES
O desfecho do final feliz (eu espero!)

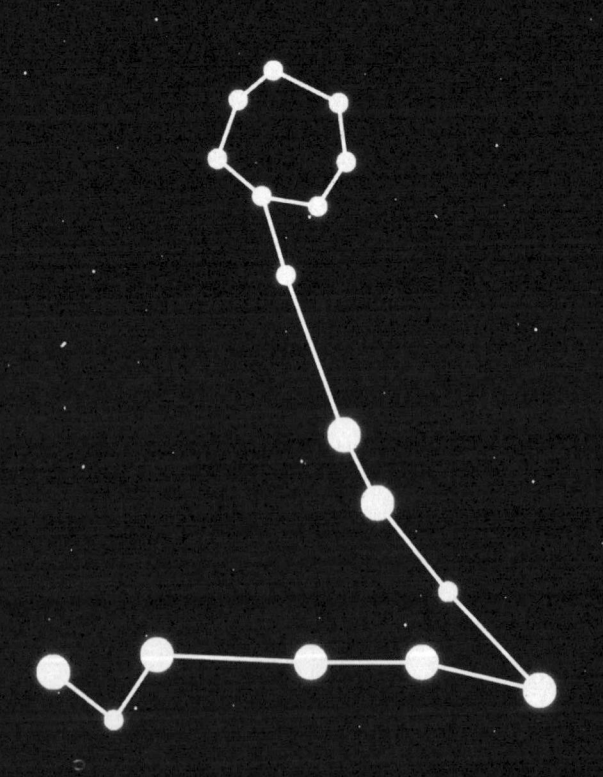

Pepita. É nela que penso quando abro os olhos, que ardem pelo sono que nem parece que existiu. A cabeça dói, quase como uma ressaca, e o coração aperta de saudade pela minha gatinha. É agora ou nunca.

Jeff está ao meu lado, encarando o teto. Ele é sempre tão lindo, né? Esses cachos parecem uma cama fofinha, e ele tem esse peito tão macio e...

– Alô, Terra chamando Lucas? – diz, me tirando do meu sonho.

– Oi, amor. – Pisco. – Você disse alguma coisa? Me distraí – respondo.

– Sim, disse que era melhor tomar café para nos arrumarmos para o seu aniversário. Feliz trinta, baby. – Esticou o braço, pegando algo de debaixo do travesseiro. – Sei que não estamos muito no clima, mas... não quis deixar passar batido.

Olho o embrulho torto que ele tinha na mão, curioso e com lágrimas nos olhos. Apalpo.

– O que é? – Chacoalhei, animado.

– Abre logo, você vai gostar.

Agora ele havia se sentado na pontinha da cama.

Abri com cuidado, pois queria guardar a embalagem de recordação.

Ai.

Meu.

Deus.

– A-amor, eu não acredito que você achou isso – digo, abraçando meu marido com o braço livre, chorando.

O embrulho escondia um troféu de papel machê que ele fez pra mim na quinta série, o "Prêmio do Grande Pé no Saco do Ano de 2002 (E de Todos os Próximos Cem Anos de Existência de Lucas D'Ângelo, Vencedor Eterno desta Categoria de Chatice)", com um bilhete recente, escrito à mão:

> Prêmio cancelado aos trinta anos
> deste vencedor eterno, pois ele
> deixou de ser um grande pé no
> saco para virar apenas um pé
> no saco comum. Te amamos.
> Jeff, Pepita, Mingau e Gaga.

E ali estavam as patinhas pintadas de todos, menos as de Pepita. Isso acabou comigo.

— Sua mãe achou nas tralhas que você deixou na casa dela e me deu, perguntando se podia jogar no lixo ou se você merecia ganhar outro Prêmio do Grande Pé no Saco. — Ele ria enquanto eu dei um soco leve no seu braço. — Infelizmente, quando ela veio a Pepita já tinha... Você sabe...

— Sim, sei — respondo, engolindo um nó que se formava na minha garganta. — Precisamos ir atrás dela. Tipo agora — digo, me levantando, mas ele me segura pela mão.

— Calma, Lucas. Precisamos tomar café e vermos como está o clima e as estradas antes de irmos. Ontem à noite teve queda de árvores ali perto da fábrica Afrodite.

— Ah, você tá brincando comigo? — pergunto com um resmungo. — Justo hoje? Sério?

— Sim, justo hoje. Vamos, acho que tem uma surpresa te esperando na sala.

Quando chego até a sala, uma cantoria regida pela minha mãe começa:

– "Quando o dia tem cheiro de festa, ser feliz é muuuuito bom!"

Junto dela, Mari e Toni seguram balões, sorrindo, e eu aproveito toda atenção para tropeçar nos fios da TV e caio na frente deles, quase derrubando toda a mesa do café no caminho. Me levanto dizendo: "Tô bem, tô vivo!". Escuto Mari sussurrar para o Toni:

– A maldição não acabou, né? Coitado, *misericrazy*.

Mingau vem me lamber e Gaga late feliz. De alguma forma, eu acho que hoje as coisas vão dar certo. Até porque, se não der, vocês vão ter que ler quinze livros meus vivendo com os doze signos possuindo meu corpo nu. Fazer o quê, né? Acontece.

Ao menos por enquanto, eu vou curtir meu aniversário. Só se vive uma vez, né, meninas?

Tomo meu café da manhã ignorando com sucesso tudo de ruim que eu teria que enfrentar hoje.

Decido ligar para Bia, lembrando que tenho dado pouca atenção para ela ultimamente, convidando-a para me ajudar a organizar o salão onde será feito o almoço à fantasia comemorativo de hoje. Bia responde que não conseguirá vir, pois teve queda de árvores perto de onde ela mora, fechando o único acesso que poderia usar para vir até o salão de festas.

Além disso, está com a bateria baixa e sem energia elétrica, e a ligação cai antes que possa dizer qualquer outra coisa. Fico chateado, mas entendo que não tem nada que ela possa fazer.

Chamo Mari e Toni para ajudar, e logo vamos em comboio de carro para o salão de festas, a fim de espairecer a cabeça enquanto não podemos salvar Pepi, Glória e Pudim (Jeff conferiu e as quedas de árvores afetaram a estrada que nos levaria à fábrica, então estamos à mercê da Prefeitura enquanto eles não liberarem as estradas). Enquanto estamos a caminho, Edu me liga.

– Oiê, amigo – cumprimento.

– Bom dia, aniversariante. Que a Força esteja com você – responde, meio animado, meio nervoso.

Jeff ri ao meu lado e rebate, na voz perfeita do Darth Vader:

– Sua falta de fé é perturbadora.

Edu ri do outro lado da linha.

– Boa! Falando em Darth Vader, eu consegui decodificar a voz de Vênus.

Eita.

– Antes tarde do que mais tarde, né, amigo? E aí?

– E aí o quê?

– De quem é a voz? Você reconheceu?

– Ah... Não, não é ninguém que eu conheça, mas talvez você saiba quem é. Vou te encaminhar o áudio decodificado e você me diz se é de alguém conhecido, ok? Me liga quando tiver notícias. Beijo – disse e desligou, rápido.

Ele com certeza estava ansioso em um nível que eu nunca tinha visto antes.

Dei play no áudio, esperando ser alguma apresentadora que me odiasse, alguma ex-namorada que ainda me ama ou aquela ex-sogra que me jurou de morte há uns anos.

Em vez disso, uma voz muito mais familiar surge no alto-falante do celular.

Ah, não.

Ela, não.

Engulo em seco, sem conseguir respirar ou responder.

— MEU DEUS, É A BIA! — É Mari quem fala primeiro.

— COMO ASSIM É A BIA? — É Toni quem fala em segundo.

— VIADO, É A BIA! — É Jeff quem fala em terceiro.

— EU NÃO ACREDITO QUE É A BIA. COMO ASSIM? — Sou eu quem fala por último.

— Tá, calma, vamos analisar os fatos. Não tem como ela dar uma de supervilã sem deixar nenhuma pista, né? — Mari diz, pensativa.

— Bem, esses dias ela estava com dois celulares... — analiso. — Ela me disse que um era para contatinhos e outro para trabalho. A não ser que... hackearam o número dela e a voz ficou muito parecida e...

— Lucas, não seja tão inocente — Toni comenta. — Você sabe do que a Bia é capaz. Lembra o que ela fez com a menina que a traiu naquela festa de calouros?

Penso a respeito, mas não consigo lembrar. Minha memória tá igual à de um peixe hoje. Mais precisamente à da Dory, de *Procurando Nemo*.

— Me deixe refrescar sua memória, amigo — Mari me olha nos olhos quando fala. — Aquela guria com quem ela ficava decidiu ficar com um menino na festa, o que era ok porque elas nem estavam namorando, mas Bia não gostou muito. Na verdade, não gostou nadinha. Eu estava com ela quando vimos a cena da suposta traição. Ela chegou a gritar e saiu correndo dali. Eu não entendi nada, mas não corri atrás, não. Até que no dia seguinte, quando eu estava saindo da festa, passei na frente do carro da guria e... – Mari faz uma careta e olha para Toni.

– O carro estava todo arrebentado, Lucas – Toni completa. – Arranhado, amassado, pichado.

– Ah, mas quem sabe os vândalos tenham feito isso, né? – digo sem acreditar no que eu mesmo falo.

Nesse momento, os três olham pra mim com aquela cara de "não seja tão ingênuo".

– Foi o que eu pensei também – admitiu Mari. – Mas, quando chegamos perto do vidro da porta do carro, havia um bilhete na caligrafia da Bia dizendo pra guria aprender a não trair os outros. Essa menina é a verdadeira psicopata, estilo *Garota exemplar*.

– Mas isso é estranho. Eu não me lembro de nada disso, e eu sei que estava nessa festa – argumento.

– Baby, tente lembrar – Jeff sussurra. – Lembra que a gente brigou por causa disso depois? Que nesse período a gente ainda não estava, exatamente, junto?

– Eu lembro que brigamos feio, e eu tinha bebido muito, mas... – Tento me recordar, e infelizmente um clarão me vem à mente, e uma lembrança estranha aparece. – A-acho que eu tinha... ficado com outra pessoa... É isso?

– Uma menina, pra ser exato – Jeff diz, baixinho.

– A menina de quem a Bia estava a fim, pra ser mais exata – Mari esclarece, sem papas na língua.

– Não pode ser... Ela não raptaria minha gata e me deixaria endividado só por causa de uma crush – comento, derrotado.

– Cara, ela é realmente louca. Ela já raspou minha sobrancelha enquanto eu dormia depois que disse pra ela que *How I Met Your Mother* é melhor do que *Friends* – Toni joga na roda, meio irritado.

– Esse dia você mereceu, né? Todo mundo sabe que *The Office* dá um pau nas duas – Jeff responde.

– Será que dá pra gente focar em quem importa agora, por favor? – Mari aponta pra mim. – Lucas está certo. Tem algo a mais que aconteceu que a gente não sabe e que afetou ela profundamente. Ela não iria fazer tudo isso só por causa de uma menina que nem era namorada dela.

– Obrigada, amiga – digo, quase chorando. – Mas acho que não temos tempo para descobrir o que aconteceu. Precisamos correr com a festa e salvar a Pepi, e sair da maldição. Senão, vou ficar preso nesse inferno astral pra seeempre! – Não me aguento e começo a chorar alto.

Meio apertados no banco de trás, todos me abraçam e dizem que vai ficar tudo bem. E eu espero que fique mesmo. De verdade.

– Vamos focar na sua festa, tá bom? Uma coisa de cada vez. – Jeff me consola, pegando na minha mão e me beijando suavemente nos lábios.

Ele é o melhor marido do mundo, é isso.

– Enquanto os pombinhos se amam, eu vou ligar pra essa surtada e mandar a real. Lucas, me passa seu telef... – Mari começa a dizer, mas para no meio da frase, branca que nem papel.

– Amor, precisa sair para pegar um ar? – Toni pergunta, abanando a esposa freneticamente.

Ela balança a cabeça, negando.

– Pronto, já passou – assume, embora ela ainda fique pálida por um tempo. – Me passa esse telefone, aniversariante.

Entrego o celular sem discutir. Mari encontra o número de Vênus e liga, no viva voz, para ele.

– Escuta aqui, sua louca, a gente sabe quem você é e vamos aonde você está e mataremos toda sua família e tudo que você ama desaparecerá da face da Terra – Mari diz, muito educadamente, quando Vênus atende.

A linha fica em silêncio por um instante.

– Que foi, a Pepita comeu sua língua? Não coma nada dela, gatinha, porque vai nascer em você o terceiro olho de tanta radiação que essa menina tem.

Gente, a Mari tá muito brava.

– Sempre um prazer, Mariana. – É a voz distorcida que responde. – Me ameaçar não vai mudar o fato de que eu tenho três tesouros preciosos do Lucas aqui comigo. Pague a dívida até as vinte e três horas e cinquenta e nove minutos de hoje e nada acontecerá com eles.

– E por que eu deveria acreditar em você? – digo com a voz chorosa.

– Porque você não tem escolha. Vou te passar o endereço da praça em que meu capanga estará esperando para receber o dinheiro. Nem tente me enganar, Lucas, ou eu juro que mato sua gata sem dó. – E desliga.

– Que ótimo jeito de começar um aniversário de trinta anos... – Suspiro.

Mas, de alguma forma, meu lado corajoso aflora e decido resolver isso de uma vez por todas, deixando a organização da minha festa para a minha mãe e o senhor Aquino. Procuramos ver a situação das estradas e vemos que a Prefeitura conseguiu retirar as árvores a tempo. Ufa.

Ligo para Edu e ele se oferece para entregar o dinheiro. Temos que voltar pra casa para pegar a maleta com a grana. Entrego para Edu, que já está me esperando no hall do prédio.

E, então, eu, Mari, Toni e Jeff nos dirigimos até a fábrica.

Ӿ

Escondidos em um matagal perto da fábrica, bolamos nosso plano de ataque. Alguns minutos depois, meu celular vibra e eu falo o mais baixo possível:

– Cordeiro, é o Gremlin na escuta. Repito, Gremlin na escuta. Câmbio.

– Edu, eu sei que é você. Eu tenho identificador de chamadas, não sou um homem das cavernas – respondo, baixinho.

– Certo, Cordeiro. Entreguei a poção para o mago armado, que fugiu com sua vassoura potente...

– Tradução, por favor.

Edu suspira.

– Dinheiro entregue para o capanga armado, que fugiu de moto.

– Perfeito, Gre-alguma-coisa. Fique de olho caso ela apareça de novo.

– Câmbio. Desligo.

Subo em uma árvore para analisar melhor se há câmeras e brechas para entrarmos na fábrica e escuto um miado familiar.

Pepita, é você?

Quase caio, mas Jeff me segura e diz para eu não ficar fazendo barulho. Desço da árvore e voltamos para a moita.

– Olha ali, amor.

Me volto para onde Jeff está apontando e vejo que a fábrica está trancada por fora, com tranca e cadeado. Que ótimo.

– Psiu – Mari sussurra, apontando para o mesmo lugar que Jeff.

Quase faço uma piada, até que vejo por que ela está apontando.

Um homem de moto e jaqueta de couro, que creio ser o capanga que acabou de encontrar Edu, está na frente do portão, segurando uma maleta de dinheiro na mão, procurando algo no bolso da calça.

– É a nossa chance, temos que agir rápido – Mari diz. – Deixa comigo e com Toni, a gente tem um plano.

– Temos? – Toni parece confuso.

Mari olha para a sua garrafa d'água e pisca.

– Ah, sim, temos um plano – ele concorda. – Se tem uma coisa que temos agora, é um plano.

– Jeff, me empresta sua jaqueta, sem discutir – Mari pede.

– Ok... – Jeff entrega o casaco, confuso.

– Agora deixem com os profissionais. O capanga vai destrancar a porta. Quando ele se distrair, entrem de fininho na fábrica, ok?

Observamos tudo de longe, enquanto vemos o plano deles acontecer. Mari faz um voluminho na barriga com a jaqueta, dando mais ênfase à sua típica barriguinha de chopp, e Toni segura uma garrafa de água escondida nas costas. Finge andar com dificuldade até o capanga e começa a gritar.

– Moço, me ajuda... eu acho que o bebê vai nascer agora – Mari choraminga.

O capanga, porém, parece impassível, de braços cruzados. Ela pisca para Toni e ele assente de leve com a cabeça, e vira a garrafa bem próximo da esposa, que berra ainda mais alto:

– MINHA BOLSA ESTOUROU! O BEBÊ VAI SAIR AGORA! VAMOS, FAÇA ALGUMA COISA, MOÇO!

– Por favor, ajude minha esposa. Eu tô sem carro, não tenho dinheiro para chamar um que nos leve pro hospital. Você é minha última esperança – Toni implora.

– Você tá pedindo pra eu levar sua esposa grávida de moto para o hospital, que fica a cinquenta quilômetros daqui? – o homem diz, pela primeira vez.

Aproveitamos a distração e nos esgueiramos para dentro da fábrica.

Meu coração bate muito rápido quando pisamos naquele território proibido. Andamos nas sombras enquanto procuramos rostos familiares, e logo avistamos Glória e Pudim amarrados, enquanto Pepita está presa dentro de uma gaiola. Meu Deus, ela parece tão tristinha. Isso acaba comigo.

Nos escondemos atrás de uma pilastra quando vimos Bia, que está aguardando o capanga. Ele entra no instante seguinte com a maleta, que Bia abre para conferir o dinheiro.

Eu consigo me aguentar até o capanga sair. Quando ele pisa fora da fábrica, eu saio correndo das sombras nem Jeff consegue me segurar.

Bia se assusta e olha pra trás, tirando a arma do coldre e apontando pra mim, com as duas mãos.

— Ora, ora, quem resolveu aparecer — diz. — Então você pegou o sinal que coloquei na gravação, do coração? Pelo jeito você não é tão tonto quanto eu pensei.

— Bia, como você pode fazer isso comigo? — Quase não consigo falar, pois minha garganta quase fecha. Odeio resolver conflitos, aff.

— Acho que fui eu que te fiz essa pergunta, anos atrás, não é mesmo? — Ela sorri de maneira sinistra.

Vejo que Glória e Pudim estão com os olhos arregalados. Glória (sabe-se Deus como) consegue tirar a amarra da boca, e grita:

— Amigo, ela é de Escorpião com ascendente em Câncer. Se prepara porque vai ter rancor até 2022 pra ela desenterrar.

— Sério? Achei que ela fosse de Touro — aponta Pudim.

— Muito bem apontado, idiotas. — Bia olha para ela, mirando a arma pra eles. — Agora, me deixa contar a história ou eu estouro seus miolos, tá bom?

— Eu não entendo o que eu fiz para você além de ficar com aquela menina na festa, mais de dez anos atrás — tento argumentar e Jeff segura a minha mão, tentando me acalmar.

— Ai, Lucas, memória nunca foi o seu forte, né? Sorte a sua que eu tenho um arquivo mental separado por pastas com tudo que você fez.

— Esqueci de falar que ela tem a Lua em Virgem também — Glória comenta e logo se cala, com medo de levar bala.

— Bem, você se lembra do dia em que se candidatou para ser apresentador do *Dazonze*, anos atrás? — Bia continua.

Eu digo que não lembro.

— Ah, que pena, porque eu lembro. Eu fiz a mesma entrevista que você, algumas horas antes. Não te contei porque havia a chance de eles contratarem dois apresentadores, e eu estava animada para trabalhar com você, tentando esquecer a Jéssica, a garota que você beijou, enquanto focava no trabalho.

— Ela tem vênus em Capricórnio, Lulu! — Glória rebate.

Bia ameaça colocar K-pop pra tocar, fazendo Glória se calar, temendo a punição.

— O que você acha que aconteceu, lírio do campo?

— Você não conseguiu o emprego — digo, sem forças.

— Parabéns, gênio. E sabe por que eu não consegui?

— Porque você não combinava com o perfil do programa? — sugiro.

— Não. Eu entendia muito mais de apresentar um programa do que você, que era extremamente grosseiro com qualquer ser humano. Eu não consegui porque o seu chefe não queria uma coreana, ou, como ele disse, uma "japa qualquer", à frente do *Dazonze*, pois os telespectadores iam me confundir com qualquer japonês que eles vissem na rua.

Fico chocado, sem reação.

— Bia, eu não sabia... Eu juro...

— É claro que não sabia, você só importa com você mesmo. — Ela vira os olhos.

Jeff aperta mais forte a minha mão.

— Você só foi escolhido porque era o candidato mais bonito, dentro do padrão que estava lá — ela continua. — Acharam que ia fazer bem pra imagem da produtora contratar um homem gay, mesmo que ele fosse um completo babaca.

— Olha o jeito que você fala do meu marido, Beatriz! — Jeff rosnou, me assustando.

— Ui, levanta o pé que o Jeff quer passar pano! — Ela ergue as mãos, irônica. — Para com isso, você sabe que ele sempre foi babaca e sempre vai ser, Jeff. Eu te fiz um favor quando tirei a sua gata. Pelo menos eu te dei a chance de se unir com o seu marido e salvar o seu casamentinho mixuruca. Ou se divorciar de vez e ser feliz com outra pessoa.

— Chega, já deu, Bia. Já entendi seu ponto, eu tirei tudo que você mais amava e... — digo, mas ela me interrompe.

— Eu gostava daquela menina desde o Jardim de Infância, Lucas. E eu nunca falei para você justamente porque tinha medo de que você roubasse ela de mim, exatamente como você fez, só pra deixar Jeff com ciúmes. E aquele emprego era pra ser meu, não seu. Você destruiu a minha vida, seu desgraçado!

— E daí você se torna uma agiota, implanta um panfleto qualquer na minha casa, me endivida e rapta a minha gata só porque a madame não quis fazer uma terapia e se livrar desse peso todo? — Agora sou eu que fico irritado.

— É, exatamente. Porque se eu fizesse isso você iria ganhar e continuaria ganhando até todo mundo se afastar de você por não aguentar mais conviver contigo. Dinheiro nunca foi problema pra mim, não era grana que ia me impedir de acabar com a sua vida. Você nunca se questionou por que eu não me mudei pro seu prédio quando vocês me convidaram?

— Eu nunca entendi por que você não topou — Jeff murmura.

— Eu não aceitei porque não ia suportar ver você todo dia com sua vidinha perfeita, seu emprego que aceitava seu mau-caratismo, seu marido que engolia sapos pra te ver feliz. Era pra eu estar vivendo isso tudo, não você.

— Bia, olha, eu não sabia que você se sentia assim — comento, sincero. — Eu mudei depois que fui amaldiçoado, e... é uma longa história, mas eu não sou mais tão babaca assim. Me... me desculpa por ter atrapalhado sua vida. Não vamos deixar isso nos afetar mais, tá bom? — digo e vou abraçá-la.

— Você tá achando que eu sou um dos personagens dos *Ursinhos carinhosos*, Lucas? Sai pra lá — diz, abanando a mão, me afastando, e a arma cai no chão.

Ops. Tenho que agir rápido e ganhar tempo.

— Olha, você pode ser mais específica sobre como te magoei? Digo, como seria sua vida hoje, sem que eu tivesse atrapalhado tanto? — pergunto, pensando em maneiras de distraí-la.

Enquanto isso, Jeff desamarra Pudim e Glória. Ela desentulha coisas de anos atrás e finjo surpresa, ao mesmo tempo que vou andando lentamente até a arma e a chuto para longe.

Meu marido corre para a gaiola de Pepita, louco para tirar ela dali e pegá-la no colo. Mas, como alegria de pobre dura pouco, assim que Jeff põe as mãos na gaiola, o outro capanga aparece novamente. Droga. Droga. Droga.

— Ah, voltou. Toma aqui sua parte do dinheiro, Dinho. Pode ir embora, vaza daqui — ordena Bia. — Eu mesma vou dar um jeito nesses idiotas. — E marcha enfaticamente até a arma.

— Isso não estava no contrato. Eu não vou sair daqui sem estourar os miolos de alguém — afirma Dinho. Sem pensar duas vezes, ele chuta para longe a arma de Bia e aponta para ela o seu revólver: – Novo trato, docinho. Me passa a maleta toda de dinheiro ou você morre.

– Qual é, cara? Não precisa ser assim – Bia responde, levantando as mãos com cuidado. – Você já tem dinheiro o suficiente para nunca mais ter que trabalhar.

– Acha que eu tô brincando, japinha? Me passa a droga da maleta logo – manda, com a voz alterada, virando o tapa na cara de Bia, que cai no chão. Seu tom assusta a Pepita, que dá um salto e derruba a gaiola, fazendo um barulho alto.

Dinho leva um susto e eu avanço pra cima dele, tentando desarmá-lo.

E então ele dispara.

Tudo acontece tão rápido que parece um sonho. No instante seguinte, sinto a bala entrar pelo meu peito e me acertar com tudo.

Tudo que vejo é vermelho, como se houvesse uma lente diante dos meus olhos.

Minha camisa começa a se manchar de vermelho.

Toco o peito e meus dedos se tornam vermelhos também.

Não consigo olhar para Jeff, mas consigo escutá-lo gritar meu nome.

Espero que ele esteja orgulhoso de mim, finalmente, apesar de tudo.

Escuto um barulho familiar próximo de mim, enquanto caio no chão. É um miado triste, aquele miado que Pepi dá quando você promete peixe e dá ração seca, sem molhinho. É, Pepitinha, minha vida sem você era uma ração seca, mas espero que a sua vida seja melhor sem mim.

A dor dilacera meu peito e, de repente, nada mais faz sentido. Fecho os olhos e Dandara aparece, quase como uma deusa em uma visão apocalíptica, em vestes brancas.

– No céu tem pão? – pergunto, tocando meu corpo, procurando o furo da bala, mas não encontro.

– Queria te parabenizar por ter se colocado no lugar do outro – responde Dandara.

– Então eu... consegui?

– Sim, bobinho. Agora abre os olhos e para de fazer drama. Eu te declaro novamente ariano. Vê se não pisa na bola de novo, senão te lanço outro feitiço – avisa e bate no piercing, como sempre.

Abro os olhos e não vejo nenhum buraco no meu peito. Olho para trás e Pepita ainda está na gaiola, caída no chão.

Jesus, será que eu voltei no tempo?

Só sei que eu me atiro na frente de Dinho da mesma forma, e ele dispara, novamente. Fecho os olhos, esperando a dor me atingir com tudo, mas não sinto nada e não ouço o disparo. Abro os olhos e vejo que o capanga está confuso, irritado.

– Chupa, seu idiota! Não mexe com a minha família – grito, mostrando a língua pra ele.

Quando o capanga está prestes a tirar uma faca do bolso, Edu surge e o atinge por trás, derrubando Dinho no chão e lançando longe sua arma. O cara fica ali deitado, inconsciente.

– Meu herói branquelo hétero padrão! – Glória grita, correndo para os braços de Edu, e eles se beijam como se fosse o fim do mundo.

Eu, hein? Arrumem um quarto, por favor.

Escuto Pepitinha miando, e Jeff está com a mão na porta da gaiola, libertando-a. Vou correndo até onde eles estão e nos abraçamos, os três chorando ao mesmo tempo.

— Pepi, meu amor, eu senti tanta sua falta — declaro.

— Miaaau — responde a gata.

— Papai limpou sua casinha e deixou um ração molhadinha pra você, filha — Jeff diz, coçando a sua orelha direita.

— Miaaaarrrrooooon — Pepi ronrona e mia em resposta.

— Vocês são tudo pra mim, de verdade. Eu não preciso de mais nada — desabafo. — Mas temos uma festa para ir daqui a pouco, e vai ficar feio pro meu lado, como aniversariante, se eu não comparecer. Vamos logo, senão vou perder o meu próprio "Parabéns".

Jeff sorri com Pepita nos braços.

— Que foi, nego? — pergunto.

— Nada, só é bom ter você de volta. Sem ser possuído por nenhum signo.

Sorrio de volta.

— Não fique muito acostumado.

Sinto que estou esquecendo algo... Ah, claro, tô me esquecendo da Bia.

Bem, ela estava caída no chão, com o rosto vermelho, mas está se levantando.

— Que lindo fim de novela — Bia ironiza, batendo palmas. — É triste que tenham feito tudo isso para morrerem na praia, ou melhor, na fábrica.

Observo, assustado, Bia pegar a arma do chão. Engulo em seco.

— E eu acho uma pena que você tenha feito um drama gigante para, no fim, ir presa que nem a Lady Gaga em "Telephone", querida! — Uma Mari triunfante surge, liderando dois policiais e Toni.

— Mari! Toni! Como vocês...? Ah, entraram aqui quando o capanga entrou? — questiono.

— Exato, amigo. E eu chamei a polícia assim que distraí o Dinho ali. E, como eles já estavam suspeitando de algumas atividades estranhas aqui na fábrica, vieram logo.

Tudo aconteceu muito depressa. No momento seguinte, Bia tentou correr/ameaçar todo mundo/fugir/ter seu momento "vocês não me pegarão viva!", mas Edu foi mais rápido. Como um aluno da quinta série, ele estendeu a perna para ela, e ela caiu. Então Edu segurou Bia por trás, deixando-a imóvel, até os policiais chegarem mais perto para algemá-la.

— Ei, desde quando você é tão bom em luta? — Jeff perguntou, cruzando os braços.

— Desde os doze anos, quando eu jurei pra mim mesmo que seria o Batman e entrei na aula de defesa pessoal. Depois eu entendi que não dava pra ser o Batman, e decidi só ir para academia para manter meus chakras alinhados com a minha aura — Edu respondeu, fazendo o sinal de Namastê.

— Pudim, olha esse homem. — Glória cutucou Pudim. — Mas nem um guindaste me tira da boca dele quando a gente sair daqui. Beyoncé, apaga a luz! — Ela estava se abanando toda, a safada.

A polícia algema Bia e Dinho e os leva para a delegacia. O policial mais alto nos explica que o capanga era procurado havia muito tempo, mas nunca conseguiam pegá-lo. Quanto à Bia, fui orientado a apresentar as provas, mas de qualquer forma tivemos que sair do local o mais rápido possível porque eles iam fechar tudo ali para fazer a investigação.

Edu se ofereceu para compilar todas as provas em um arquivo só, e eu topei. Tecnologia nunca foi o meu forte, né? E, aliás, hoje é meu aniversário. E os outros que lutem.

♓

Quando chegamos em casa, decido dar uma passada no antiquário para ver como estão as coisas e logo me chama atenção de que na vitrine há apenas duas redes de pesca, e a loja parece incrivelmente vazia.

Acho que a divulgação ontem no *Dazonze* funcionou superbem, porque não está com o mesmo estoque de antes. Eu tinha combinado que no programa de hoje iam aproveitar algumas imagens de arquivo. É meu aniversário de trinta anos, eu mereço essa folguinha na sexta-feira!

Corro pra casa pra me arrumar pra festa, e deixo Mari me maquiar como quiser.

Dizem que a melhor parte da festa é esperar por ela. Eu digo que a melhor parte da festa é a festa mesmo. E os docinhos, óbvio.

Mas, na minha festa, o melhor de tudo foi ver as fantasias, ver como as pessoas se dedicaram para estar ali a caráter, sabe? É tudo tão mágico!

Um dos primeiros a aparecer é o senhor Aquino, acompanhado da minha mãe, ambos vestidos de Mediquinhos.

— Filho, eu estou tão orgulhosa de você. — Dona Rosa vem me abraçar, emocionada. — Demorou, mas você se tornou um grande homem.

— Eu também tenho muito orgulho de você, meu jovem — diz o senhor Aquino. — Sua mãe e eu temos uma novidade para te contar.

— Tá tudo bem, eu já sei — comento. — Espero que sejam felizes.

Rosa dá risada.

— Essa é só uma das novidades.

— Pera, você tá grávida? — pergunto, surpreso.

— Não, né? Essa fábrica aqui fechou há mais tempo do que a Afrodite — ela responde, balançando as mãos. — É que estou no processo de me tornar uma Mediquinha.

— Não me obrigando a ver *Grey's Anatomy*, tudo certo — comento, e rimos juntos.

Enquanto todos comem as coxinhas e cachorros-quentes, Jeff pede um brinde, batendo na taça com um garfo.

— Hoje meu marido completa mais uma volta em torno do Sol. E que volta! Foi mais um capote do que uma volta, principalmente nesses últimos doze dias. Lucas me permitiu conhecer lados dele que eu não conhecia, e me envolveu na sua vida de uma forma... incrível. Perdemos a Pepita, mas nós ganhamos novamente, e então recuperamos nosso tesouro e agora estamos a própria família da propaganda de margarina. Há cinco anos nós nos casamos, e, se eu pudesse, eu me casaria com você de novo, meu amor. Por isso... — Jeff se ajoelhou, e Gaga entrou no salão, carregando alianças. — Obrigado, Gaga, boa garota. Por isso, eu quero te pedir hoje que você renove seus votos comigo. Você mudou tanto que é como se eu estivesse me casando com outra pessoa. Outro Lucas, melhorado, maduro, empático. O Lucas que eu sempre soube que existia dentro de você. Então, sem mais delongas, você aceita recasar comigo, Lucas?

Em meio às lágrimas, respondo:

— S-sim, aceito.

Ele se levanta e nos beijamos, ouvindo os aplausos e assobios ao fundo. Sorrimos juntos e digo que o amo mais do que pastel de queijo frito na hora.

Depois de algumas taças de champanhe, vejo a Maria Bethânia de Taubaté dar as caras na festa. Me levanto correndo e vou falar com ela.

— Dandara, sua louca! Não acredito que você veio na minha festa.

— Sempre gosto de ver a celebração depois que uma maldição é quebrada — respondeu, meio cética. — E eu queria levar a minha estagiária para passear, também. Não é, Alex?

Atrás de Dandara, uma figura emo familiar aparece, toda vestida de preto.

— Você! — digo, apontando para a menina. — Não sabia que vocês se conheciam.

— Conheci a Dan na aula de tarô on-line. — Alex dá de ombros, e o cabelos preto-azulados brilha. — Vim aqui porque ela disse que ia ter comida de graça.

Viro os olhos. Adolescentes.

— Claro, podem escolher uma mesa. Aliás, Dandara, posso trocar uma palavrinha a sós contigo?

— Pode, ué... — Ela parece desconfiada.

— Eu gostaria de te ajudar a comprar um carro novo. O seu está tão enferrujado que estou com medo de você pegar tétano.

— Querido, tudo que cultivamos neste mundo vira poeira, mais cedo ou mais tarde — diz, pegando nas minhas mãos. — Mas, se você quiser, eu aceito um patrocínio no meu projeto de astrologia para jovens da periferia.

— Nossa, sim! Supertopo te ajudar. Espero que você não ligue de eu te transferir toda a grana amanhã, depois que eu puder dormir e acordar como ariano de novo.

— Ué, mas você não entregou todo o seu dinheiro para aquela sua amiga agiota?

— Era dinheiro cinematográfico que peguei com um diretor. E que agora está com a polícia. O meu dinheiro mesmo está todo guardado digitalmente, como um bom *millennial*.

— Você pode ser cabeça-dura, mas é um cara esperto, no fundo — disse, bagunçando meus cabelos.

No fim da festa, Mari veio até mim segurando a mão de Toni.

— E aí, aniversariante? Curtindo a festa?

— Pois é, Mari, tô chocado que consegui comer duas bolinhas de queijo. É o dobro que comi no aniversário do ano passado! E já tomei umas cinco taças de champanhe. Aqui, deixa eu encher a sua...

— Não, Lucas... Não... precisa — Toni se adiantou, nervoso.

Olhei confuso para eles.

— É que eu tô grávida. Por isso não tô bebendo — Mari revela, com a mão na barriga.

Fico chocado.

– Como... Como assim?

– Olha, cara, quando dois adultos se amam, eles...

– Não é isso que eu quis dizer, né, Toni?! – respondo. – Eu nem sabia que vocês estavam tentando.

– Nem eu – Mari dá de ombros. – Mas fiquei gripada e o remédio cortou o efeito do anticoncepcional, e como o meu corpo já tá desesperado para ter bebês, a magia aconteceu.

– A sementinha de melancia cresceu... – Toni suspirou. – Estamos evitando falar coisas muito explícitas perto do bebê.

– Ah, entendi, vocês uniram o útero ao agradável – comento.

Os dois me dão soquinhos no braço, me censurando.

– Agora, se me dão licença, cavalheiros, eu preciso me dirigir ao toalete para desengolir todos os salgadinhos que eu comi na última hora – disse Mari, que saiu correndo (na medida do possível) para o banheiro.

Aproveito que Toni se distrai com Jeff e converso com o diretor do *Dazonze*, que também apareceu na festa. Trocamos algumas palavras e saio sorrindo e vou falar com Glória e Pudim.

– Podem me agradecer – falo, abraçando os dois pelo ombro.

– Pela festa? – Pudim pergunta.

– Pelo boy mara que me arranjou? – Glória comenta.

– Também – assumo. – Mas estava me referindo ao fato de que vocês não estão mais desempregados, quer dizer, agora que a Bia está presa e tal.

– Ué, como assim? – Glória levanta uma sobrancelha.

— Conversei com o chefão do estúdio e vocês podem fazer a animação do meu programa, se quiserem. Glória canta e Pudim faz a coreografia. É pegar ou largar.

Os dois trocam olhares, chocados, e começam a pular.

— Lucas, não acredito que você fez isso pela gente. — Glória me abraça e começa a chorar.

Pudim já estava aos prantos, também.

— Só estou retribuindo a ajudinha que vocês me deram com Vênus. Agora deu de abraço, isso aqui não é final de novela, amados — digo, saindo aos poucos do abraço.

Vejo que Jeff está me observando e vou até ele.

— Gatinho, estou tão orgulhoso de você — fala, me dando um beijo.

— Tudo o que eu sou é graças a você, meu amor. Eu queria poder fazer algo para você como fiz para os meus amigos.

— O que você tem em mente? — Jeff pergunta.

— Já que estamos recasados, precisamos de uma nova lua de mel.

— Para onde?

— Para as estrelas — falo, pegando na sua mão.

— Espera, o quê? — Meu marido fica confuso.

— Era só pra ficar fofo, bobão. — Mostro a língua. — Para Cancún.

Bem, eu e Jeff falamos de ir para Cancún desde que vimos uma comédia romântica muito ruim que se passava lá. Era o clássico casal hétero, cis, branco e rico envolto em um roteiro fraquíssimo que fazia um deles morrer com uma mordida de tubarão. Prometemos que iríamos para lá e faríamos muito melhor do que o casal padrãozinho fez, e nem íamos precisar morrer pra isso.

Lembro que no filme tinha uma frase que a gente sempre dizia quando fazíamos uma noite mexicana em casa...

— *Si la vida te da limones...* — Ele sorri, lembrando também a frase.

— *...pide sal y tequila* — completo, sorrindo de volta e sabendo que, de certa forma, as coisas deram certo. Mesmo que de um jeito esquisito.

É, eu acho que algumas coisas realmente estão escritas nas estrelas...

"Single Ladies (Put a Ring On It)", Beyoncé, *I am... Sasha Fierce*, 2008. Columbia Records.

"Brilha la Luna", Rouge, *C´est La Vie*, 2003. Sony Music.

"Someone Like You", Adele, *21*, 2011. Harmony Studios.

"O Leãozinho", Caetano Veloso, *Bicho, 1977*. Universal Music Internacional Ltda.

"Pintura Íntima", Kid Abelha e Os Abóboras Selvagens, *Seu espião*, 1984. Warner Music.

"Pesadão", Iza *feat* Marcelo Falcão, *Dona de mim*, 2017. Warner Music.

**Acreditamos
nos livros**

Este livro foi composto em Merriweather
Impresso pela Geográfica para a Editora
Planeta do Brasil em agosto de 2020.